後宮妃の管理人 七

～寵臣夫婦は出迎える～

しきみ彰

富士見L文庫

目次

『後宮妃の管理人』登場人物紹介

絵：Izumi

珀皓月

大貴族の次代当主にして右丞相。皇帝の命で優蘭の夫となる。後宮で働くため、女装することに。

珀優蘭

大手商会の娘。根っからの商売人。詔令により皓月との結婚と、健美省での妃嬪の管理を命じられる。

> **健美省**
> 皇帝の勅命により設立された、後宮妃嬪の健康管理及び美容維持を目的とする部署。

皇帝

劉亮

黎暉大国皇帝。愛する寵姫のため、健美省に日々無茶振りをする。

四夫人

姚紫薔

貴妃。若くして貴妃に上り詰めた、皇后の最有力候補。

郭静華

徳妃。気位が高い保守派筆頭。実家は武官として皇族に仕える。

綜鈴春

淑妃。控えめな性格の美少女。実家は革新派のトップ。

史明貴

賢妃。皇帝の留学時代の学友。教養の高い中立派。

序章　妻、避暑地行きを喜ぶ

太陽が一段と照りつけ、少し動いただけでも汗をかき、じめじめとした空気が肌にまとわり付く。それが、夏の到来を告げる合図だ。

初夏。後宮妃嬪《ひひん》たちの美容と健康を管理する健美省《けんびしょう》の長官、珀優蘭《はくゆうらん》が一番苦手とする、黎暉大国《れいきたいこく》の季節がやってきた。

商人時代は気候が安定した外国か、黎暉大国の中でも避暑地として有名な柊雪州《しゅうせつしゅう》、清《せい》蓮州《れんしゅう》、菊理州《きくりしゅう》などに逃げていた優蘭だったが、去年からは後宮勤めということになり、それが出来なくなっていた。

そのため、優蘭はまたこのうんざりした季節を、都で過ごさなければならなかった――はずなのだが。

しかし今年は、少し事情が違っていた。

その事情が書かれた巻物を胸に抱えた優蘭は、健美省に与えられた水晶殿《すいしょうでん》の大広間に所属する女官、宦官《かんがん》たちを呼び出し、微笑《ほほえ》む。そして巻物を開いて皆に見せつけた。

貼り付けられている紙は、薄紫色だ。

そう、それは詔令文書《しょうれいぶんしょ》——皇帝自身が下した命令や布告が記載された紙だ。これが届いたということは、健美省にとってそれ相応の大仕事が待っているということを意味する。

普段はこの紙を見たときはもっと陰鬱な気持ちになっていた優蘭だったが、しかし今回は特別だ。何故《なぜ》なら。

『詔令文書

此度《こたび》、健美省に与える役目をここに記す。

一、後宮妃嬪たちの避暑地行きの準備をせよ』

なんと、今回皇帝が望んだことが、『避暑地に後宮妃嬪たちを連れて行く』ということだったからだ。

これに喜ばない後宮勤めはいるのだろうか。

答えは——いない、だった。

その証拠に、詔令文書を読み上げた瞬間、健美省の面々は歓喜の声をこぼす。

「避暑地っ？　わたしたちも避暑地に行けるのですか長官!?」

「もちろんよ、梅香《ばいこう》。今回陛下は妃嬪方を労《ねぎら》う意味でも、全員連れて行かれるつもりだそうです。なので健美省は全員参加、居残りは宦官長を含めた数十人だけね」

「え。じゃあこのぽんこつたちもついてくるんですか」

『ひどくありませんか!?』

こんなふうに、梅香と五彩宦官がいつも通りのやりとりをしているが、お互いにどことなく弾んだような、いつもの険悪さが抜けた感じだった。恐らく、彼らなりにはしゃいでいるのだろう。

その一方で新人女官たちは、若干緊張した面持ちだった。牡丹《ぼたん》祭のときは居残り組で、今回が初めてとなる大仕事への参加なので、その緊張は当然だろう。

それに、詔令文書を見るのなんて初めてだと思うし。

優蘭は既に三回もいただいているので、すっかりありがたみがなくなってしまったが、それはさておき。

開いていた詔令文書を巻き直して懐にしまい込んでから、優蘭は一度手を叩《たた》いた。すると、今まで騒いでいた面々がすっと黙り、優蘭の前に整列する。

反発していた頃が嘘《うそ》のような態度に少しだけ笑ってから、優蘭は表情を引き締めた。

「私も避暑地行きはとても嬉《うれ》しいわ。でもそれ以上に、今回のお役目は重大です。なんせ、後宮そのものが大移動をするようなものだからね。けれど妃嬪方の健康を考えれば、避暑地行きは必要です。健美省一同、気を引き締めて参りましょう！」

『御意!!』

場所は変わり、優蘭の執務室にて。

優蘭に茶を差し出しながら、蕭麗月《しょうれいげつ》——優蘭の夫・皓月《こうげつ》の双子の妹は、首を傾《かし》げた。

「皆様、都の夏はとても大変だとおっしゃっていますが……そんなにもひどいのですか？」

皓月が女装をしていた頃の『蕭麗月』は夏を体感しているはずなので、今まで黙っていたのだろう。しかし優蘭と二人きりの今、その疑問を口にする。それを聞いた優蘭は、思わず苦笑した。

「そうよね、麗月は知らないものね。私は商人時代、都の夏が嫌すぎて必ず別の州に逃げていたわ……」

「そ、そんなに……」

「ええ。柊雪州と比べると、湿気《しっけ》、熱気共に最悪よ……夜は特に、熱気がこもって寝苦しいのよね……」

服や髪が肌にまとわりつくのが本当に不快だと、優蘭は昨年のことを思い出しながら遠い目をした。

しかしそれが想像できないのか、麗月が首を傾げたまま遠くを見つめている。

柊雪州は夏でも、朝晩は夏用の衣に一枚着こまなければ風邪を引く程度には冷えるのだ。

それと比べると、ぴんとこないかもしれないわねと優蘭は思った。

だがその動作が妙に可愛《かわい》らしくて、笑ってしまう。

するとは少しだけむっとした顔をする。

「な、なんでしょうかその笑みは……」

「いいえ？　ただ珍しく、可愛らしいなって」

「知らないのですから、仕方ないではありませんか……」

そう言って不貞腐《ふてくさ》れたような顔をした麗月は、しかしすぐにいつも通りの悪戯《いたずら》っぽい表情を浮かべるとにっこり笑う。

「優蘭様こそ、皓月と避暑地に行けて嬉しいのでは？　逢引《あいび》きのための入れ替わりが必要なようでしたら、いつでも仰《おっしゃ》ってくださいね」

「……さすがに、そのようなことはしません」

となんてことはない顔をして否定したが、顔が赤くなっているのは分かった。それは麗月にも分かったようで、にこにこと微笑まれていたたまれない心地になる。

どうにもこの手のからかいに未《いま》だ慣れず、こうして麗月に弄ばれる日々が続いていた。

なんだかんだ、皓月と避暑地に行くのが楽しみだということに間違いないしね……。

特に皓月は、優蘭に負けず劣らずの仕事中毒者だ。なので単純に、体への負担が少ない場所で夏を過ごしてくれるのはありがたいし嬉しい。それは想《おも》いが通じ合ってから、なおさら感じることだった。

そんな私情はさておき、仕事だ。今回向かう避暑地は、宮廷が所有する離宮の一つである緑韻宮《りょくいんきゅう》である。場所は都がある天華州《てんかしゅう》の北東部、菊理州。郭慶木《かくけいぼく》に嫁いだ紅儷《こうれい》の実家が治めている州だ。

時期は今から大体二ヶ月後。夏の暑さが最もひどいときだ。

なんの問題も起きずに、離宮に行けるといいのだけれど。

思わずそう思ってしまったのは、この後宮でそんなことが無理だということが分かっているからだろう。

そう、何事も起きないはずがないのだ。

——ここは、そういう場所なのだから。

第一章　妻、重なる問題に思考を停止させる

蕭麗月《しょうれいげつ》――皓月《こうげつ》の双子の妹がその場面に出くわしたのは、彼女が本格的に後宮入りを果たして数週間経《た》ってからだった。

後宮内部の構造やら場所やらを把握しようと、空いた時間を使って歩き回っていたのだ。

いまだ雪がうっすらと残っていたが、柊雪州《しゅうせつしゅう》ではこの倍以上の雪が積もるため、この中で歩くのは麗月にとっては苦ではない。

しかし既に後宮にいたはずの麗月が表を動き回ると疑われると思ったため、人目を避けてあちこちを巡っていた。自然や山に囲まれて育った麗月にとって、そういったものに紛れて動くには慣れたものだった。

だから、そんな場面に出くわしたのだろう。

――彼女は髪を染めていた。

人けのない、木々の間で。持ってきたであろう釜で草を煮出して、黒く黒く染めていた。

染める前の、ハッとするような鮮やかな赤髪が美しかったこともあり、もったいないなという気持ちになったことを今でも覚えている。

しかし、そんな髪を染めるということはそれ相応の理由があるのだろう。それもこの寒い中、外で染めているということは、そもそも染めていると他人に知られたくないからこその措置だ。

染めた後というのは、匂いで分かるから。それに室内で染めると、匂いが部屋に残りやすい。

そういうことに立ち入るほど、麗月は無粋ではない。

だから麗月は、そっとその場を後にした。その女性が誰なのかは後で分かったが、取り立てて詮索もしなかったし、優蘭《ゆうらん》にも皓月にもそのことを打ち明けなかった。それが、長生きする秘訣《ひけつ》だ。

藪《やぶ》をつついて蛇を出す、なんてことは、愚か者がすることだ。

そして麗月は、あまり目立つのを好まない。だって、この後宮にいると決めたのは麗月だったからだ。確かに向こうから提案されたことではあったがそれ以上に、明確な意志を持ってここにいたいと思ったのだ。

麗月は、あまりひとところにとどまることがなかった。

割と活動的で、なんでもやりたがる性格だったのもあるが、預けられていた養父母たちがかなり豪快な性格で、色々なところに連れて行ってくれる人たちだったからだ。

屋敷《やしき》自体は持っていたがそこに居続けることは稀《まれ》で、流浪の民のように旅をしながら生活するのを好む、一風変わった人たちだった。

その場その場での出会い、別れ、喜び、楽しさ。一期一会の出会いを大事にして、そして風の向くまま気の向くまま進む、そんな生活。それはとても刺激的で楽しかった。お陰で色々な仕事をして、経験値は上がったと思う。

麗月も柊雪州そのものが故郷だと思っていたから、故郷を思って哀愁の念を抱くことはなかった。もちろん実の両親からの愛を欲したことはあったが、悲しんだり定住したいという欲を持ったりはしなかった。

それが初めて芽生えたのは、後宮にきてから。

実母に会い、実兄に会い、そして義姉に会ってからだった。

ここに、いたい。

自由も新たな出会いもない場所で何故こんなことを思うのか不思議だったが、人を根付かせるのは決して環境だけではないのだなと、ある日天啓のように悟った。

人だ。その人がいるから、ここにいたい。

双子の兄である皓月と糸のような細い繫《つな》がりを持ったまま、優蘭と一緒に仕事がしたい。

彼らに関わっていたい。

これといった欲もなく、それでも楽しんで人生を送っていたのに、おかしなものだ。自分から、この場所に縛られにいくだなんて。

でも、だからこそ。ここに居続けられる努力はしようと思っていた。

自身の過去話を極力しなかったのも、その一環。ぼろが出るのを恐れた。それに、その場その場での関係に慣れてしまっていたので、深く心を開いて関係を築くというのに慣れないのもあったが、自身が抱える事情としても都合がよかった。

今回の自己防衛も、根幹にあるのは面倒ごとに巻き込まれて優蘭や皓月に迷惑をかけ、ここにいられないという事態を避けるためだ。

特にこの後宮という魔窟において、心を開きすぎるのも深入りしすぎるのもあまり良《い》いものではないだろう。そう思っていた。

——あの日までは。

＊

夏本番に、避暑地へ行くことが決定してから数日後の午前。

優蘭はそのことを妃嬪《ひひん》たちに伝えるべく、紫苑宮《しおんきゅう》の大広間を使って大規模な茶会を開いていた。

避暑地行きを告げるためだけに開いた会とはいえ、茶会。妃嬪たちの気分転換になったら、と優蘭は今回も張り切った。

部屋全体は青と白の紫陽花《あじさい》を中心に鉄仙や朝顔といった花を天井から垂らし、見た目から涼しく見えるように工夫してある。

紫陽花の原産国は春先に後宮入りを果たした婕妤《しょうよ》・巫桜綾《ふおうりょう》の祖国、和宮皇国《かずのみやこうこく》なので、こっそりとだが友和《ゆうわ》の証《あかし》の意も込めてある。

また部屋のあちこちに水瓶《みずがめ》をおき、水辺に近い形でできる限り室温を下げるようにしていた。

茶菓子も、万彩甜湯《まんさいてんゆ》と呼ばれる、きんきんに冷やした糖蜜に煮た小豆や緑豆、金時豆、白きくらげの蜜煮、はとむぎ、木薯《もくしょ》、白玉、芋団子、といったたくさんの食材を入れて食べる、黎暉大国《れいきたいこく》の伝統菓子を選んだ。

ただ本来の食べ方と違うのは、妃嬪たちがどの食材をどれくらい入れるか選べるようにしたところ。それから最後に糖蜜をかけて、妃嬪に提供する形にしたのだ。

それもあり、各々が好きなものを好きなだけ入れられて、尚且《なおか》つそれが話の種にもなっている。

特に白きくらげは肌にハリと潤いを与えてくれるだけでなく、女性を悩ませるむくみの予防にも効果的だと後宮に来た頃から優蘭がおすすめしていたこともあり、一番減りが速かった。内食司《ないしょくし》女官長・宝可馨《ほうかきょう》が、追加で白きくらげを煮るよう、内食司女官に指示を出していることからも、その人気っぷりが窺《うかが》える。

和気あいあいとした空気に、優蘭も内心満足した。やはり、自分が行なったことを気に入ってもらえるのは嬉《うれ》しい。参加している面々が多い分、その感動もひとしおだった。

秀女選抜最終日に開いた歓迎会でも妃嬪たちが多く集まったが、今回はその比ではない。それもそのはず。あの日には参加を辞していた妃嬪たちも含めて、この場には全員が集まっていたからだ。

呼んだのは優蘭自身だったが、ここまで綺麗《きれい》に全員揃《そろ》うと、感慨深いものがある。

招集に応えてくれるということは、優蘭のことを自分たちの管理人と認めてくれたということになるから。

一年でここまで信頼してくれる妃嬪たちが増えたのは、本当に喜ばしいことよね。

その期待に、これからも応えていきたい。

そう思いながら、優蘭は秀女選抜時の歓迎会同様、壇上に立った。

「妃嬪の皆様、初夏の暑さの中お集まりいただき、ありがとうございます。健美省《けんびしょう》長官、珀《はく》優蘭です。我々がご用意した茶や茶菓子は、お楽しみいただけているでしょうか？」

前口上に、妃嬪たちが笑みを浮かべたり団扇《うちわ》を揺らしたり首肯したりと思い思いの形で肯定してくれるのを確認してから、優蘭は早速本題に入る。

「この度、皆様にお集まりいただいたのは他でもございません。陛下より、健美省に要請がありました――妃嬪方を、安全に避暑地へ向かわせるように、と」

その言葉に、大広間の空気がぐんっと上がったような気がした。

「ですので今夏は、皆様を菊理州《きくりしゅう》にある緑韻宮《りょくいんきゅう》にお連れします！　道中はご不便をおかけするかと思いますが、どうぞよろしくお願いいたします！」

それを皮切りに、大広間がにわかに騒がしくなった――


全体への報告が終わるや否や、優蘭は四夫人と寵妃《ちょうひ》たちが集まる豪華な円卓に呼び出された。その中には桜綾の姿もあり、少し居心地悪そうにしている。どうやら保護者役をしている徳妃《とくひ》・郭静華《かくじょうか》と、修儀《しゅうぎ》・長孫爽《ちょうそんしょう》が呼んだのであろう。席順からそれが察せられた。

でもまあ、緊張するのは仕方ないわよね。だってここにいるの、後宮の中心人物たちだもの……。

しかしそれは同時に、桜綾がこの後宮での生活に適応し始めたという意味でもある。以前は情報を意図的に遮断されてきた彼女が、今のような状況になったことを少しだけ眩《まぶ》しく思いながら、優蘭は唯一空いていた席――貴妃《きひ》・姚紫薔《ようししょう》と淑妃《しゅくひ》・綜鈴春《そうりんしゅん》の間に腰を下ろした。

「お待たせいたしました。皆様、茶会をお楽しみいただけているようで何よりです」

「当たり前じゃない。優蘭が用意してくれる茶菓子もお茶も、いつもとても美味《おい》しくてわたくしたちの目と舌を楽しませてくれるもの。ね？　綜淑妃」

「はい、姚貴妃。それに、避暑地行きが決まりましたから！　それが本当に何よりの嬉しい知らせでした！」

声を一段と明るくして、鈴春はその花のように愛らしいかんばせをほころばせる。夏の、目が覚めるような青空を彷彿《ほうふつ》とさせる碧眼《へきがん》が嬉しそうに細められるのを、優蘭も笑顔で見つめた。

そんな鈴春の言葉に、賢妃《けんひ》・史明貴《しめいき》も同意する。

「菊理州の緑韻宮といえば、和宮皇国の花木でまとめた庭園がある離宮でしたね。また菊理州は火山が多いため温泉の名所で、そのためにわざわざ山を切り開いて離宮を建てさせたそうです。先帝のご生母も気に入っていた場所だと聞いたことがあります」

「温泉ですか!?」

すると、桜綾が声を弾ませる。

「祖国は山が多いので温泉も多かったんですが、入る機会がなくて。なのでどんなものか、気になっていたんです。それが黎暉大国で入れるなんて……嬉しい……」

歳《とし》相応に可愛《かわい》らしい反応を見せる桜綾に、優蘭もつられて微笑《ほほえ》む。

「温泉は疲労回復によく効くと言いますし、夏の暑さでお疲れの皆様にもぴったりかもしれませんね。陛下もきっとそういった部分を考慮して、緑韻宮をお選びになったのだと思います」

そういった事情はまったく把握していないが、今回関係しているのは妃嬪たちだ。きっといつもより数倍真剣に、避暑先を検討したであろうことは容易に想像できる。

またこういうことを言っておくと、空気を敢《あ》えてぶち壊してくる静華の機嫌がよくなるので、先手を打った形だ。

だって四夫人たちが険悪な雰囲気になると、なんだかんだその派閥ごとの妃嬪たちにもそれが伝播《でんぱ》して、全体的にギスギスし始めるんだもの……。

優蘭が健美省長官として働き始めてからは大分落ち着いたが、やっぱりここは後宮なのだ。ちゃんと様子を見ておかなければ派閥争いが表面化するし、妬《ねた》み嫉《そね》みがすぐに燃え上がって広がってしまう。

そう考えて皇帝を褒めたたえたが、予想通り、静華の機嫌はすこぶる良かった。

彼女は右手で百合《ゆり》が刺繡《ししゅう》された団扇を口元に当て、指甲套《しこうとう》という付け爪をした左手を顎に添え、笑う。

「そうよ、さすが陛下だわ。わたしたちのことを考えてくださる、とても尊いお方……」

「本当にそうでございますね」

桜綾を挟んで座る爽も、しみじみとした様子で頷《うなず》く。

保守派妃嬪たちのまとめ役でもあるこの二人のもう一つの共通点は、皇帝に対して敬愛の念を抱いているという点にあった。なので皇帝をたたえる言葉には我がことのように喜ぶし、貶《おとし》める言葉には怒りを示す。

なので自分の言動に間違いはなかったな、と優蘭はほっとした。

ほっとした、はずだったのだが。

「そうだわ。姚貴妃の皇子は、いかがお過ごしかしら」

――静華が発したその一言で、場の空気が一気に緊張感あふれるものとなってしまった。

会話相手の紫薔は、口元に薔薇刺繡《ばらししゅう》の施された団扇を当てながら、目を細めて笑みを浮かべる。

「ええ、とても元気に過ごしているわ。今日は人の多い茶会だったから、乳母が面倒を見てくれているの」

「そう、それはよかったわ。だって陛下の大切なお子ですもの。だけれど……きっとこれから、もっと増えることでしょうね。陛下は等しく、妃たち皆を愛されているから」

あれ、私の気のせいかしら……徳妃様が言外で「子どもを産んだからと言って調子に乗るんじゃないわよ」って言っているように聞こえるのですが……？

目の前で繰り広げられる静かな抗争に、優蘭は笑みを張り付けたまま冷や汗を流す。

そしてそれはどうやら紫薔も同じだったようで、少し首を傾けてから、団扇をずらす。

そうすることでわずかに弧を描いた唇が見えた。

「そうね、わたくしのところにも来てくださっているもの。みな平等に、陛下に愛される機会があるわ」

この言葉を要約するのであれば、「わたくしが連続で子を生《な》す可能性だってあるのに、そんなに余裕で大丈夫なのかしら？」である。それに気づいた優蘭は思わず、ひいと喉を引きつらせた。

そんな紫薔の強烈極まりない一撃に、しかし静華は悔しそうな顔をすることなく口の端を持ち上げて笑う。

バチバチバチ。

もし視線に音というものがあるのであれば、きっとこの円卓からはそんな火花が散るような音が聞こえていただろう。

あ、あれだけ注意して、派閥抗争が起きないように色々と根回ししたのに……！

それをここまで華麗に、そして自分勝手にぶち壊してくるとは。さすが静華だ。

秀女選抜時に優蘭と対決してから比較的おとなしかったので、少し丸くなったと思っていたのだが、それはどうやら優蘭の勘違いだったようだ。

しかも彼女のせいで、革新派筆頭家系の鈴春、保守派妃嬪二番手の爽まで参戦する雰囲気になっている。

これぞまさしく、一触即発。

二人の争いがこれ以上大きくなれば、妃嬪たちの争いもその分広がる。それだけは避けなければならない。

そう思った優蘭が口を開いたとき、別の声がそれを遮った。

明貴だった。

「そうですね、陛下は皆を平等に愛しております。……ですので、この中で一番立場が危ういのはわたしかと」

「え」

優蘭は思わず声を上げてしまったが、その発言によって別の意味で場が凍るのが分かった。それはそうだろう、まさかの自虐なのだから。

しかもこれから正面切って争い合う気だった面々がそれを見れば、呆気《あっけ》に取《と》られるのは道理である。

しかしその反応のほうが不思議と言わんばかりの顔をして、明貴は声を上げた優蘭のほうを見た。そして、至極真面目な顔をして口を開く。

「だってそうでしょう、珀長官。わたしは妃嬪《ひひん》の中では最年長です。また、後宮に一番初めに入りました。客観的に見て、この中で最も陛下との関係に不安があるのは、わたしではないでしょうか」

そうですね！　まあそれが事実だったとしても、皇帝があなたを手放すとは絶対に思いませんけどね!?

むしろその件では既に、ひと悶着《もんちゃく》起きた後なのだ。これ以上男女のあれやこれやに巻き込まれるのはごめんなので、問題を再浮上させるのはやめて欲しい。

そしてそれは、内情は知らずとも少なからずあの一件に関与した四夫人たちも同様だったのだろう。今までの殺伐とした空気が嘘《うそ》のように、すうっと引いていく。

その隙を見逃さず、優蘭はパンッと手を叩《たた》き立ち上がった。

「そうです、本日は水菓子もご用意しているんですよ！　芽黄《めおう》国《いこく》から丹甘橙《たんかんとう》という珍しい柑橘《かんきつ》もご用意したんですよ。まるで紅玉のように赤い果肉の柑橘なんです！　皆様、よろしければいかがですっ？」

そう言えば、空気が読める紫薔が微笑みながら頷いてくれる。

「ありがとう、いただくわ」

また、今回ばかりはいささかやりすぎたという自覚があったのか。静華もそっぽを向きつつ頷いた。

そんな雰囲気に、明貴は首を傾《かし》げつつも無言で乗る。

優蘭は、先ほどとはまた違った意味でほっとした。同時に、呉侍郎《ごじろう》を思い出して改めて、尊敬の念を送る。

呉侍郎。自虐話、本当に使えますね……！

場を凍り付かせてから話を切り替えるこの方法は、自身を生贄《いけにえ》にするということだけあり効果絶大だ。

今後何かあったときのために、優蘭も自虐話の一つや二つ用意しておいたほうが良《い》いかもしれない。

それからは何事もなく、妃嬪たちへの報告会を兼ねた茶会は無事終わった。

最初に四夫人、その後に位の高い妃嬪から帰っていくのを見送りながら、優蘭は胸を撫《な》で下《お》ろす。

一時はどうなるかと思ったけれど、無事に終わって良かったわ……。

避暑地に行く前から問題が起きてもらっては困るのだが、そんな常識が通用する場所ではないことは百も承知だ。だが、今日はもうこれ以上問題は起きないだろうと思うと、ずっと感じていた緊張がほぐれていく。

「片づけよろしくね～」

『はい、長官！』

だから優蘭は、先に戻って仕事をしようと部下たちに片づけを頼み、紫苑宮の大広間から出た。

そんなときだった。

「……あの」

「は、はいっ⁉」

唐突に声をかけられた。

てっきり誰もいないと思っていたので気を抜いていた。慌てて振り返れば、その女性は中庭からゆったりと歩いてくる。

深海のように深い、瑠璃色のたれ目が印象的な妃嬪だった。一見すると眠そうにも見えるがどことなく神秘的で、吸い込まれそうだと感じる。

妃嬪の中だとかなりの長身で、体も細身だ。夏らしい若草色の襦裙《じゅくん》と空色の披帛《ひはく》に身を包んでおり、姿勢の良さもあってか凛々《りり》しく見える。漆黒の長髪を結って茉莉花《まつりか》の銀簪《ぎんかんざし》を挿したその姿は、優蘭にも馴染《なじ》み深い。

充媛《じゅうえん》・邱藍珠《きゅうらんじゅ》。

皇帝が銀簪を渡した寵妃《ちょうひ》の一人だ。派閥は中立派である。

四夫人に続いて出て行かれたはずなのに、わざわざ待っていたのね……？

しかも中庭から出てきたということは、妃嬪たち全員が紫苑宮の大広間から出て行くのを待っていたということだ。つまり、あまり他人に聞かれたくない話題ということになる。

また藍珠の今までの言動を顧みる限り、優蘭に積極的に話しかけに来たりはしない女性だった。それは優蘭にだけというわけではなく、誰に対しても強い興味や関心を抱かない質のようだ。

かといって交流をしないわけではなく、しかし妃嬪たちとも衝突するわけではない。

そんな様子から、優蘭は藍珠を「ある意味で、世渡り上手な美女」だと認識していた。

そんなふうにつらつらと、自分の頭の中を整理する。

とりあえずいつもの余所行《よそゆ》きの笑みを顔に張り付けた優蘭は、首を傾げた。

「これはこれは充媛様。いかがなさいましたか？」

藍珠は優蘭を見て、少し目を伏せる。

「あの。今回の避暑地は……陛下が決定されたのですよね」

「は、はい。そう聞いていますが……」

「……それを……あなたの権限で、変えることは、できませんか？」

「……えっと、それ、は……」

唐突にわけの分からないことを言われてしまい、優蘭は取り繕うこともできずに顔を引きつらせる。

さすがに……それは、無理かなと……。

だって優蘭も、今回の行き先は全てが決定した後に聞いたのだ。それはつまり、宮廷側で調整が済んでいるということだ。それを変えるとなるとかなりの労力になってしまう。

それが顔に出てしまったのだろう。藍珠は少し間を空けてから、思いの外はっきりした口調で告げた。

「でしたら。わたしは、後宮に残ります」

「……え」

「避暑地には、絶対に行きません」

＊

午後。

昼餉《ひるげ》を胃に流し込んだ優蘭は、執務椅子に座って書類を睨《にら》みつけながら内心唸《うな》り声をあげていた。

予想外の展開になったわ……。

ここでいう予想外というのは、問題が浮上した時期、人物を含めた全てだ。静華辺りが何かやるのではないかとは思っていたが、警戒していなかった人物からきっぱりと、避暑地行きを拒まれることになるとは。

しかも、その理由を聞く前に帰ってしまったのよね……。

そして優蘭も、あまりの不意打ちに動揺してしまい、藍珠を引き留めることすらできなかった。久々に頭が真っ白になったな、と他人事《ひとごと》のように思ってしまう。

問題は山積みだが、一番の問題は皇帝が藍珠が避暑地に行かないことを了承するかどうかだろう。ただ妃嬪たち全員が緑韻宮に行くという前提で予定を組んでいるはずなので、彼女が残るのを良しとしない官吏たちは多いはずだ。

肝心の皇帝は妃嬪思いなので許可するかもしれないが、同時に藍珠の身の安全を気にして連れて行きたがる可能性も高い。居残る宦官《かんがん》がいるとはいえ、少数。警備の面において、後宮はどうしても手薄になってしまうからだ。

どちらにせよ、今手元にある情報だけで、これらの判断はできないと優蘭は感じた。

「あー。本当にどうしよう……」

「……長官。筆から滴った墨が、木簡に落ちていますが」

「えっ⁉　あ、本当だわ⁉」

梅香《ばいこう》の指摘で初めて、執務机の上が大変なことになっていたことに気づいて慌てる。しかし焦ってさらにやらかしそうだと悟ったのだろう。梅香は鋭く「動かないでください。そして今直《す》ぐ、そちらの長椅子に移動してください、片づけはわたしがやりますから」と言った。

「ごめんなさい、梅香……」

「いいから移動を」

「はい……」

筆の墨を硯《すずり》に落としてから筆立てに置き、優蘭は言われた通り休憩用の長椅子に移動する。すると、目の前に茶杯が置かれる。

それは、麗月が持ってきたものだった。

「優蘭様。どうぞこちらを飲んで、一息入れてください」

「麗月……ありがとう。いただくわね」

緑茶は、麗月が淹《い》れてくれる普段通りの香りと味で、すうっと気持ちが落ち着く。

ふと見上げれば、麗月が泣き黒子《ぼくろ》が魅力的な瞳を細めて柔らかく微笑《ほほえ》んでいる。それだけでなく梅香がじいっとこちらを見ていることに気づき、優蘭はたじろいだ。

「えっと、どうかした？」

「いいえ。優蘭様がようやく、いつも通りになられたなと思いまして」

「え」

麗月にそう言われて動揺しているところに、梅香が深く頷《うなず》いて掃除の手を再度動かし始めた。

「本当ですよ。紫苑宮から戻ってきてから、ずっと様子がおかしかったですから」

「あ……ばれてたみたいね」

「当たり前です。わたしたちは、健美省創設時からの部下ですから」

上司の様子を見るのも、わたしたちの仕事ですよ、と、梅香がつっけんどんな物言いで言った。聞く人によっては辛辣に聞こえるかもしれないが、それが梅香なりの心配りなのだということを、優蘭も把握している。

もう、一年一緒にいるものね……。

正しく言えば麗月は違うのだが、しかしもうそれくらい一緒にいるような気がしていた。それは皓月の妹だからというだけでなく、彼女自身がすっかりここに馴染んでしまったということに他ならない。

そして二人の視線から「もっとわたしたちを頼って欲しい」という思いを感じ、優蘭は思わずその幸福を噛《か》み締《し》めた。

こんなにも頼れる部下が二人もできるなんて、一年前の優蘭では想像もつかないことだろう。

意を決して、優蘭は口を開いた。

「あのね……充媛様のことなんだけど」

「充媛様ですか？　彼女が何か……？」

「ええ。実を言うと……避暑地に行きたくないそうなのよ……」

「……え」

梅香が目を見開き驚く。言葉に表してはいないが、「どうして」という声が聞こえてくるようだった。「どうしてなのかしら……」と途方に暮れた顔をすれば、梅香が考えるように眉を寄せた。

「……わたしが持っている情報でも、充媛様がそのようなわがままを言ったことはないと思います。良くも悪くも事なかれ主義と言いますか……八方美人な方なので」

「そうよね……」

そもそも藍珠は貴族の姫君ではなく、柊雪州と珠麻王国《じゅまおうこく》辺りの国境沿いで幅を利かせている旅芸人一座の看板娘だった。

そんな彼女が後宮に入ることになったのは、皇帝の前で演劇と踊りを披露する機会があり、気に入られたから。

その後とんとん拍子で充媛になり、寵妃として皇帝から小さいながらも立派な宮殿をもらい、そこで最低限の侍女と女官だけをつけてひっそりと生活している。そう、梅香はすらすらと藍珠の情報を話してくれた。

さすがは後宮の情報通だと、優蘭は感心するのと同時に「ありがとう」と梅香に礼を言う。すると梅香は、

「べ、別に大したことじゃありませんから……」

と照れながら机の上の片づけだけでなく執務室全体の掃除も始めてしまった。

褒められ慣れてないのか年齢特有なのか分からないけれど、ほんと分かりやすく照れて可愛《かわい》いわね……。

優蘭が思わずなごんでいると、思案顔の麗月が口を開く。

「あの、優蘭様」

「なあに、麗月」

「充媛様は本当に、避暑地に行くこと自体を嫌がっているのでしょうか」

「あら、どうして？」

「いえ……健美省勤めの面々や、妃嬪方《ひひんがた》の反応を見ても分かる通り、都の夏を好む方は多くないと思います。充媛様が例外という可能性もあるかと思いますがその前に、別の要因があるかもしれないことを考えたほうがよろしいかなと思いまして……」

別の要因……。

そう言われ、優蘭は改めて藍珠から言われた言葉を思い出した。

『あの。今回の避暑地は……陛下が決定されたのですよね。……それを……あなたの権限で、変えることは、できませんか？』

『でしたら。わたしは、後宮に残ります。避暑地には、絶対に行きません』

そこまで思い出し、優蘭は首を傾《かし》げた。

「そういえば……充媛様は避暑地に行くのが嫌というより、緑韻宮に行くのが嫌みたいだったわ」

「緑韻宮ですか……あそこに嫌な思い出が？」

「……現在の妃嬪方が緑韻宮に行かれた記録はないから、それはないと思うのだけど……」

ただ公的な記録に残していないのなら、その可能性はあるかもしれない。

優蘭がそう呟《つぶや》けば、梅香が頭の中にある情報の引き出しを漁《あさ》り始める。

その一方で、麗月が意見を述べた。

「もしくは、もっと大きい……菊理州そのものに嫌な思い出があるのかもしれません」

妙にはっきりとした口調で言われ、優蘭は目を瞬《またた》かせる。麗月にしては確信のこもった言葉で、珍しいように感じた。

「何か、思い当たる節でも？」

「……充媛様は出身地だけでなく年齢も明かしていらっしゃらない方ですが、見た目からして二十代前半です。その時期の菊理州といえば、膠着《こうちゃく》状態にありましたから……」

言葉を濁しつつ語る麗月。しかし優蘭には、麗月が言いたいことが分かった。

そっか。約二十年前の菊理州といえば、杏津帝国《あんつていこく》とまだ戦争をしていた時期ね……。

その時期に生まれたとすれば、確かにいい思い出はあまりないのかもしれない。ただそうだとしても、麗月がここまできっぱりと言い切るのは珍しいが。

だって菊理州と一口に言っても、そこそこの大きさがある。戦時中に一番苛烈だったのは紅儷《こうれい》がいた国境沿いだったはず。藍珠の出身がその辺りだと確信を得るだけの情報は、今のところ何もないと思うのだが。

そう思っていたら、麗月が意味ありげに微笑む。そして梅香を一瞥《いちべつ》した。

何が言いたいのか悟った優蘭は、梅香に向かって口を開く。

「梅香。充媛様自身と、充媛様と菊理州に関しての情報がないか、少し調べてきてくれないかしら？　あなたが今抱えている仕事は、こっちでやっておくから、お願い」

「分かりました、長官」

話の流れ的にも不自然ではなかったからか、梅香は特に訝《いぶか》しむことなく退出する。

梅香が部屋から離れ、その上で周囲に人がいないかの確認を取ってからようやく、麗月は口を開いた。

「あの、実を言いますとわたし……充媛様が、髪を染めていらっしゃる姿を見たことがあるのです」

「え」

「あ、覗《のぞ》きが目的だったわけではなく、後宮に何があるのかこっそり確認するために散策していたら、偶然見てしまっただけですからね」

ああ、なるほど。

麗月が後宮にいるのはもうずっと前なのに、今更場所確認のための散策を大っぴらにするわけにはいかないと思ったのだろう。彼女らしい気遣いだと思う。

優蘭がこくこくと頷くのを見てから、麗月は再度口を開く。その声はとてもひそやかだった。

「それで、そのときに見た充媛様の髪が……赤毛だったのです」

「……赤毛？」

「はい」

「……なるほどね」

赤毛。

それは、菊理州の国境付近に住まう人たちの特徴ともいうべき色だ。紅儷もそれはそれは美しい赤毛をしていたな、と優蘭は思う。

同時に、麗月が確信を持っていた理由、そして梅香にもそれを明かしたがらなかった理由も分かった。

充媛様自身が髪を染めてまで隠そうとしたことを、なるべく広めないため。

これは梅香を信頼していないとかではなく、純粋に危険性を避けてのことだろう。多くの人に知られれば知られるほど、秘密というのは呆気《あっけ》なく暴かれてしまうものだから。

そう思い、優蘭は思わずにんまりする。

「……やっぱり麗月には、この仕事が向いてるわね」

「……どういう意味ですか」

「ふふふ。だってあなたはそれを今まで、誰にも言わなかったのだもの。秘密ばかりのこの花園では、とても大事だわ」

しかし麗月は釈然としない面持ちで眉を寄せている。

「……これはそんな、思いやりとかではありません。深く踏み入れすぎると火傷《やけど》をすることを、経験上知っていたからです」

「あら、だとしたら私も同じよ？　むしろそういう感性は大事だわ。純粋に、生き残るためにね。でも」

優蘭は麗月が淹れてくれたお茶を一口含んでから、笑みを浮かべた。

「必要なときに、そのまま黙っているんじゃなくてこうして教えてくれた。それは、その情報が今必要だと思ってくれたからでしょう？　本当に関わるのが面倒くさくて仕事に対しての誇りもないのなら、黙っているものよ。ねえ？」

そう言えば、麗月は珍しく顔を赤らめてそっぽを向いた。どうやら、思うところがあったらしい。

珍しく優蘭のほうが優勢な状況に笑みを浮かべながらも、どこかほっとしている自分がいた。

麗月が後宮に馴染《なじ》んでいることもそうだが、優蘭が後宮から出て行くことになったとしても、やっていける。そんな下地が確かに出来上がってきていると感じたからだ。

それにしても……充媛様の件、どうしようかしら。

正直、梅香が持ってきてくれる情報を待っている時間はないかもしれないと、麗月の話を聞いて思っていた。優蘭の勘がそう警鐘を鳴らしている。

そう言ったが、正直優蘭がこれからやることは決まっていた。

何事も、素早い連絡が大事というのは、昔から変わっていないのだから。

＊

夕方。午前中の清々《すがすが》しい天気から一変、今にも雨が降りそうな暗雲がたれ込めていた。

もしかしたら、帰宅時には雨が降るかもしれない。それもかなり激しい雨が。

この時季の雨は突如としてやってきて地面をえぐるように降り、そして何事もなかったかのように綺麗《きれい》に去っていくことが多いのだ。

私が屋敷《やしき》につくまで、天気が持ってくれたらいいのだけれど。

道中で空を気にしながら、優蘭は官吏たちの帰宅時間より少し前の時機を狙って、宮廷に足を運んでいた。

向かう先はもちろん、夫・珀皓月のところだ。

こういうときに真っ先に頼りになるのが、優蘭の中では皓月だった。それは夫だからでもあり、彼が仕事仲間としてもとても頼りになる存在だからだ。

また今年の春頃に、桜綾をどのように対処するかで悩んでそれを一人溜《た》め込んでから、どんなに些細《ささい》なことでも何かあれば教えて欲しいと懇願されてしまった。

優蘭は、皓月のお願いにとても弱いのである。

なので了承した手前、また一人でうじうじと悩むのは皓月を裏切っているようで罪悪感が刺激される。

それに、避暑地に関してのことだもの。情報共有は早いほうが良《い》いわよね……。

そう思い、道に迷わないよう気を引き締めて皓月の執務室へ向かったのだが。

部屋付きの宦官《かんがん》に、「今は杜左丞相《とさじょうしょう》のところにおられます」と言われてしまった。

「杜左丞相のところか……どうしようかしら」

どういった事情で杜左丞相――杜陽明《ようめい》のところへ行ったのかは分からないが、内容によっては優蘭がいたらいけないことかもしれない。

しかし藍珠の件は本当に気にかかるので、できることならば今日中に皓月と情報を共有したかった。

二つを天秤《てんびん》にかけた優蘭は、「とりあえず行ってみて、だめそうなら言付けだけ残そう」という結論に至った。なので部屋付きの宦官に礼を言ってから、今度は左丞相の執務室へ足を向ける。

　といっても、左丞相の執務室は右丞相《うじょうしょう》である皓月の執務室からさほど離れていない。なのでこれといった苦労もなく無事についたのだが。

　扉の前にいた宦官に入室許可を取ったら、ものすごく微妙な顔をされてしまった。

「あ、あの……只今《ただいま》杜左丞相は、立て込んでおられまして……」

「そうですか。でしたら、珀右丞相に言付けだけ頼んでもよいでしょうか？」

「は、はい。それくらいならば……」

　宦官の様子から、優蘭は陽明たちがとても重要な話をしているのだなと悟った。おそらく、執務室にやってきた人間全員にそう言うよう命じられているのだろう。どこも問題ばかりで大変そうだなとしみじみする。

　そう思いながら、優蘭は笑みと共に言付けを告げた。

「『花が枯れそうです』とお伝えください」

　宦官が不思議そうな顔をしたが、それはそうだろう。これは暗号である。

　先日の一件――桜綾の一件を対処しようとした際、空泉《くうせん》とひと悶着《もんちゃく》あり、それが精神的負担になってしまった――があったので、他人にばれないように状況を伝える合言葉を作っておこうと、皓月と決めたものなのだ。

『花が咲きました』は朗報があったときに。

『花の調子が悪いです』は問題が起こっているときに。

こんな感じで、現状を花の状況に見立てて告げるように決めた。

そして『花が枯れそうです』は――非常事態。緊急で話したいことがあるときや、相当状況が悪いときに使う合言葉だ。

こう言えば、きっと皓月は杜左丞相との話し合いが終わったらすぐに帰ってきてくれるだろう。

そう思い、中へ入った宦官が戻ってくるのを、優蘭は待っていた。

しかし。

出てきたのは、純白の官吏服に身を包んだ、一見すると穏やかそうに見える眼鏡をかけた男性――礼部《れいぶ》尚書《しょうしょ》・江《こう》空泉だった。

「え」

思ってもみなかった人物の登場に素で怪訝《けげん》な声を出してしまった優蘭だったが、空泉は気にしない。というよりそれどころではないといった焦りっぷりで、優蘭は「この人も、こんな顔するのね……」と驚いてしまった。

「珀夫人……！　いいところにいらっしゃいました！」

「はいっ!?　あの、私は珀右丞相に言付けを頼んだだけなのです、がっ!?」

「それどころではないのです！」

ぐいっと、無理やり手を引かれ、中に引き込まれる。

するとなかには陽明と皓月、そして先ほどの宦官が固まってこちらを見ていた。

どうやら内部も、空泉の行動に相当混乱しているらしい。引き込まれた本人である優蘭でさえそうなので、誰か止めて欲しい。

そう思ったが、それは叶《かな》わず。空泉は扉を閉めるや否や、優蘭に顔を近づけて声を潜めた。

「珀夫人……大変なことになりました」

「な、なんでしょう……？」

「……杏津帝国の外交使節団が、我が国へ来訪することになったのです」

「…………………は、え？」

今度こそ、優蘭の思考が完全に停止する。

ちょうどそのとき、開け放たれた窓から大粒の雨が降り始めるのが見えた――

第二章　寵臣夫婦、思わぬ事態の連続に混乱する

土砂降りの雨と吹き荒《すさ》ぶ風《ふ》の中帰宅した優蘭《ゆうらん》は、心身ともに疲れ切っていた。

それは、嵐の中帰宅したからというだけでなく、その前に緊急で開かれた会議の内容が、とんでもないものだったからである。

＊

左丞相《さじょうしょう》の執務室に引きずり込まれた挙句、空泉《くうせん》からとんでもないことを言われた優蘭は、盛大に固まっていた。

そんな二人を「何をしているのですか⁉」という言葉と共に引き離したのは、皓月《こうげつ》である。

皓月は優蘭を背後に隠しながら、低い声で空泉に告げる。

「いくら急を要することとはいえ、女性を無理やり引っ張り込むとは何事ですか。それに、他人に聞かれたくないこととはいえ既婚者相手に距離が近すぎます。常識が欠如している

のではありませんか、江尚書《こうしょうしょ》」

　その指摘を受け、空泉がハッとした顔をする。それから素直に「申し訳ございません。大変失礼いたしました」と優蘭に向かって謝罪をしたことから、彼が相当切羽詰まった状態にあったことは容易に分かった。

　しかし、それも致し方ないことだと優蘭は思う。まさかあの杏津帝国《あんってぃこく》側から外交使節団の話を持ち掛けられるなど、夢にも思わないからだ。

　優蘭も知っているくらい、黎暉大国《れいきたいこく》と杏津帝国の仲は悪いのだ。

　しかも杏津帝国とはつい先日、和宮皇国《かずのみやこうこく》を使って戦争の火種を作ろうとした疑惑が持ち上がったばかりである。この外交が交友を深めるためだけに行なわれるものではないということは、どんなに察しの悪い人間でも気づくであろう。

　頭を押さえた空泉が、ため息をつきながら呻《うめ》く。

「しかも、時期が最悪です。桔梗《ききょう》祭の後で故人を悼む人々が多い中、杏津帝国の人間が来れば、あらぬところに火がつく可能性がありますから……」

　そんな空泉の言葉を引き継ぐ形で、陽明《ようめい》が肩をすくめた。

「だけど、僕たちがその申し出を断るわけにはいかないんだよ。だって外交を強化すると言った後だから。それなのに杏津帝国側の外交使節団を退ければ、それこそ火種になってしまう」

「それだけでも頭が痛いのですが、さらに問題がありまして……」

皓月が言いにくそうに切り出す。

「その外交使節団の主要人物が、過激派筆頭の皇弟《おうてい》なのです……」

「…………それ、は」

どういう。

そう言おうとしたが、あまりのことに最後まで言葉を紡げなかった。

それは皆同じなようで、深刻そうな顔をしている。巻き込まれてしまった宦官も、ぺこぺこと平謝りをしてこの場から立ち去った。

しんと静まり返った室内で、陽明が苦々しい顔をして口を開く。

「……向こうの皇帝にどんな意図があろうと、受け入れないわけにはいかない。でも対策を講じるには、それ相応の情報が必要だ」

「……そうですね」

「幸い、来訪時期に関してはある程度こちらの都合に合わせると言っているから、江尚書は情報収集に専念して。僕のほうも調べてみるから」

「分かりました」

そうして出て行く空泉。その後、陽明はこちらを見た。

「……空泉くんがごめんね。でも、妃嬪方《ひひんがた》が必ず関わることになる話題でもあったから、明日には知らせようと思ってたんだ」

「……い、いえ。時期的に、避暑地行きとも被《かぶ》っていますし……調整は必要になってくるかと。その際、私が必要になってくるのは理解できますから」

と言ったが、避暑地行きを妃嬪たちに知らせた後にこういう情報が入ってくるのはやめて欲しかった。

だって皆様、あんなにも喜んでいらっしゃったのに……こんなの、残酷だわ。

しかもこの対応によっては、優蘭が今抱えている藍珠《らんじゅ》の問題が消え去るかもしれない。そうなるともう、皓月にどのような形で相談していいのか分からなくなってしまい、めまいがした。血の気が引き、意識が遠のいていくような心地になる。

優蘭の様子がおかしいことに気づいたのだろう。皓月が優蘭を抱き寄せ、背中をさすってくれる。

「優蘭、顔色が悪いです」

「……すみません、少し……めまいがして……」

声をひそめて心配されただけでなんだか泣きたい気分になってしまい、優蘭はぎゅっと唇を引き結んだ。でなければ、職場だということも忘れて泣き言を言ってしまいそうだったからだ。

そんな優蘭を見た皓月は、陽明のほうを向く。

「杜《と》左丞相。妻の体調が悪いようなので、わたしは一度帰宅して構いませんか？」

「こう……珀《はく》、右丞相《うじょうしょう》……!?」

こんなときに、何を。そう思い思わず声を張り上げたが、そのせいか頭に鈍い痛みが走り、びくんと体を揺らしてしまう。

陽明から見ても相当ひどい状況だったのだろう。彼はこくりと頷《うなず》いた。

「分かった、帰っていいよ。長期戦になるだろうから、休息も必要だしね。皆共倒れはまずいから」

「はい、ありがとうございます」

さ、優蘭。帰りましょう。

微笑と共に言われ、優蘭は躊躇《ためら》いながらも頷く。

それから優蘭と皓月は雨の中、屋敷《やしき》に向けて馬車を走らせたのだった。

＊

「優蘭、つきましたよ」

そう優しく声をかけられ、優蘭はぼんやりとした意識を浮上させた。

寝ていたわけではないのだが、意識が完全に遠い彼方《かなた》へ行っていたらしい。向かい側に座る皓月が心配そうな顔をしていたが、笑みを向けられるだけの余裕がなくて、それが逆に申し訳なかった。

なんとかこくりと頷いて立ち上がろうとしたが、完全に気力が持っていかれてしまったらしく立てない。それを悟った皓月が抱きかかえてくれなかったら、恐らくここから一歩も動けなかっただろう。

普段ならば恥ずかしくて仕方がない状況だったが、今日はむしろ安心する。皓月の胸に頭を預ければ、彼の規則正しい心臓の音が聞こえて乱れていた心が落ち着いていくのが分かった。

従者に傘を差しかけられながらそのまま屋敷に入り、皓月は寝室に直行する。

そこからは、侍女頭である湘雲《しょううん》に代わった。化粧を落とされ、体を濡《ぬ》らした布で拭われてから、寝間着に着せ替えられる。完全にされるがままだったが、このときばかりは羞恥心とかそういうものが感じられなかった。

「優蘭」

意識が再浮上したのは、寝台に座っているときに皓月にそう名を呼ばれ、茶杯を差し出されたときだった。

無意識のうちにそれを受け取った優蘭は、淹《い》れてもらった緑茶を口にした瞬間、いつになく安堵《あんど》した。

いつも通りの……皓月の淹れてくれた、お茶の味……。

優しくて温かくて、それでいて爽やかな香りが、優蘭の乱れ切った精神を少しだけ慰めてくれる。肩の力も抜け、優蘭はゆっくりと深く呼吸をした。

そんな優蘭の様子をつぶさに観察していた皓月は、茶杯を持つ優蘭の手を包んで優しく微笑《ほほえ》みかけてくれる。

「優蘭。わたしに、何か用があったのですよね？」

そう言われ、優蘭は喉を詰まらせる。

確かに用はあったけれど……でも、杏津帝国の外交使節団がくる際の対応次第では、いらない心配になってしまう。

それを、これから中心になって対応を考えていかなければならない夫に対して言うのは、気が引けた。正直、いらない情報だからだ。

そう思ってしまい、言い淀《い　よど》んでいたら、皓月の手が優蘭の両頬を包み込む。

気づけば彼の顔が目の前にあり、柔らかい感触が唇に広がって目を見開いた。

動揺したまた思わず皓月を見つめていたら、彼は悪戯《いたずら》っぽい顔をして優蘭に笑いかけてくる。

「もし言わないようでしたら、言うまで口づけをすることにします」

「えっ!?」

「どうします？」

首を傾《かし》げながら問われたが、選択肢は「言う」一択しかないように思えた。

それでも躊躇っていると、皓月が下からじっと優蘭を見つめる。

「……わたしに、優蘭の痛みを分けてくれないのですか？　夫婦なのに」

「う……ですが、その……杏津帝国からの外交使節団をどのように対処するかで、変わる問題なんです。だから、皓月の思考の邪魔になるかも……」

「ですがそれが理由で、優蘭がこんなにも苦しんでいるのですよね？　なら、わたしは知りたいです。どうか教えてください」

ここまでの事情を言ってしまった時点で、皓月に言わないでいるという選択肢は消えていた。そのことを感じた優蘭は、指先で茶杯をいじりながらとつとつと語る。

「……その。充媛《じゅうえん》様が、避暑地行きを拒んでいるんです」

「充媛というと……邱《きゅう》藍珠ですか」

「はい。しかもそれが、都に残りたいからとか、そういうのではなく……どうやら、今回避暑地に選ばれた緑韻宮《りょくいんきゅう》がある州に、なんらかの因縁があるのではないか、という話になったのです」

「それはどうしてですか？」

「……麗月《れいげつ》が、充媛様が本当は赤髪で、それを染めているところを偶然見てしまったからです」

それだけ聞き、皓月は全てを把握したらしい。「赤髪とくれば、菊理州《きくりしゅう》の国境沿いの血族に多い髪色ですね」と言う。

「邱充媛といえば、謎が多い寵妃《ちょうひ》でしたね。出身地も秘密だったかと」

「そうなんです」

「つまり優蘭は、できる限り邱充媛のことを尊重したいけれど、妃嬪全員が参加する予定だった避暑地行きで一人の妃嬪、しかも寵妃が居残ることに対しての危険性や負担を気にしているのですよね」

「……そうです」

「そうですね、おそらく邱充媛が行かないということになると、警備体制も変わりますから……官吏たちの間で、不満が起こることは確かかと」

そうですよね、と優蘭は頷く。

「あと、この一件で充媛様が悪目立ちすることになるのはどうかな、と思いまして……」

「そうですね、貴族たちの間で平穏に生き抜くために、極力目立たないようにしていた方です。陛下も、邱充媛の扱いに関してはかなり気を配っていました」

「……やはり、そうでしたか」

ならなおのこと、この問題には慎重に取り組まなければならないと思う。

再びやってきた鈍く響くような頭痛に耐えかねた優蘭は、目をつむった。そのまま、吐き出すように自分の悩みを打ち明ける。

「そして官吏たちを納得させる理由を出すとなると……充媛様が髪色を変えてまで隠そうとした部分に、踏み込むことになります」

「はい」

「ただそれはどうなのだろうと悩んで、でもこの問題を一人で抱えておくのはそれはそれで危険性が高いなと思い、皓月を訪ねたというのが、今日の流れです……」

いつもならばこれくらいの会話で疲れたりしないのだが、今日はひどく疲れて軽く息が上がってしまった。それを誤魔化すために、茶杯に残った緑茶を喉に一気に流し込む。

そんな優蘭の様子を優しい眼差《まなざ》しで眺めながら、皓月は優蘭の手から茶杯を取ると、それを寝台の横にある卓に置いた。そして優蘭のとなりに腰を下ろす。

するりと。ごくごく自然に手を重ねられ、指を絡めてぎゅっと握られた。

「今日は確か、妃嬪方を集めて茶会を開き、避暑地行きをお伝えした日ですよね？」

「……はい」

「それだけでも大分気を遣ったでしょうに、邱充媛の件だけでなくこちらの事情にも巻き込んでしまい、本当にすみませんでした」

「……皓月のせいじゃ、ないです」

「そうですね。江尚書のせいです」

少しだけ怒った口調でそう言われると、なんだか笑ってしまう。

わずかながらも笑みを浮かべた優蘭に、皓月は目を細めた。

「ひとまず、その問題は陛下と杜左丞相にだけ共有しておきます。それから、一緒に考えましょう」

「はい。……やっぱり、皓月に相談して正解でした。こんがらがっていた頭が、大分整理された気がします」

「こちらこそ、わたしを頼ってくれてありがとうございます。……優蘭に頼られるのが、この世で一番嬉《うれ》しいです」

指先で手を撫《な》でられるようにしながらそう言われ、優蘭の胸に温かいものが広がった。

心のどこかで、頼る前にもっとできたことがあったのではないかと、思っていた自分がいたのだ。それなのに肯定されたような気がして、こわばっていた心が少しだけほどけた気がする。

そのためか、優蘭は皓月の肩に頭を乗せた。そして、消え入りそうな声で呟《つぶや》く。

「……私も、ありがとうございます。一緒に、帰ってくれて」

「当たり前です。こんな状態の優蘭を放り出して仕事をしていたら、陛下に叩《たた》き出《だ》されますからね。わたしも、仕事なんて手につきませんよ」

この言葉で、胸の中にあった申し訳ないと感じていた気持ちがゆっくりと、溶けていくのが分かった。

だからなのか。急激な眠気に襲われる。

それを感じ取った皓月が、優しく頭を撫でた。

「今日はとにかく寝ましょう」

「……は、い」

「おやすみなさい、優蘭」

「……おやすみ、なさい。こう、げつ」

その日見た夢はひどく穏やかで、温かいものだった。

＊

優蘭を悩ませた藍珠の件は結局、杏津帝国からの外交使節団の問題を片付けてから考える、という形で対応することになった。

それはそうだろう。なんせそこが決まらなければ、対処のしようがない。その上皇帝としても藍珠の秘密を暴きたくないとのことだった。

というのも。今まで何度か過去を含めて聞き出そうとしたことがあったが、藍珠自身が拒んだからだ。

だから皇帝は今まで、藍珠のほうから秘密を話してくれるのを待っていたのだという。

できるならそれを尊重したいとのことだ。

なので優蘭は藍珠に、文で「後ほど必ず説明するので、避暑地行きの件の返答は今しばらく待っていて欲しい」とだけ報告して、時間を貰《もら》うことにした。

したのだが。

——事態は、優蘭が想像していたよりも悪い方向に向かってしまったのだ。


宮廷の大会議場。

そこには皇帝や二人の宰相だけでなく、全部署の最高官たちが集まっていた。

その中にはもちろん優蘭もいる。巨大な長方形の卓の端にちょこんと座っていたが、正直言って肩身が狭いどころの話ではなかった。

なんせ会議場内は、殺気と言っていいほどの険悪な空気に支配されていたからだ。

大会議場に入ったのは、昨年の年末に行なわれた紫金会《しきんかい》以来だった。しかしそのときの威圧感とはまた違った雰囲気で、まだ会議自体は始まっていないのに色々な意味で萎縮してしまった。

まあ、話の内容が内容だから、仕方ないのだけれど……。

そう思いながらただ黙っていると、皇帝が合図を出した。それにより、話し合いという名の戦いの火蓋が切られる。

「杏津帝国の外交使節団だと？　一体どういう了見で黎暉大国にやってくるつもりだ！」

そう叫んだのは、兵部尚書《へいぶしょうしょ》・郭連傑《かくれんけつ》だった。

元からかなり迫力のある顔をしているが、今回はそれにも増して怒気と殺気を放っているため、この場にいるだけで肌がひりつくような気がする。しかしそれは、連傑がそれだけ杏津帝国を恨んでいるということだろう。

その一方で、礼部《れいぶ》尚書・江空泉は冷静だ。

「どのような思惑であれ、黎暉大国側が杏津帝国の外交使節団を受け入れない理由にはなりません。なんせ我々は、外交強化をするとつい先日、公言した後なのですから」

そう笑みと共に語り、既に受け入れることは決定している、という姿勢を前面に押し出している。

しかし、連傑ははっきりした声音で言った。

「杏津帝国の思惑など決まっている！　再び我が国と戦争をする機会を狙っているのだッ!!　野蛮人どもめ……！」

「……うーん、それはどうでしょう？」

今にも敵の首筋に嚙《か》みつきそうなほどの連傑に、待ったの声をかけたのは、意外にも戸《こ》部《ぶ》尚書《しょうしょ》・徐天侑《じょてんゆう》だった。

「貿易面を見るに、杏津帝国の皇帝が黎暉大国との親睦を深めたいと考えているのは、事実だと思いますよ。去年から国境沿いの検問も大分緩和されたと聞きましたし」

「……ではなんだ、徐尚書。これは純粋な好意だと？　来るのは過激派の皇弟だというではないか！」

「……それに関しては、どちらかと言えば皇弟側の姿勢を調べたいからじゃないかなあ」

そう口を挟んだのは、左丞相・杜陽明だ。

「過激派筆頭を謳《うた》っているとはいえ過激派自体の数は少ないというし、この外交をどう対処するかでそこを判断しようとしてるんだと思うな。外交で失敗すれば、皇弟を裁く理由にもなるし」

「それはつまり、黎暉大国を利用しようとしているということではないかッ!!　どちらにせよこちらを舐《な》めているとしか思えない!!」

「それはそうだけど、それが外交だからねえ……それに、僕ら側にも利益はある。杏津帝国との外交が上手《うま》くいけば、今よりももっと貿易がしやすくなる。そうすれば、軍国とまで言われている杏津帝国から、兵器に関する情報も得やすくなるでしょ。軍事強化ができるのなら、郭尚書としてもありがたいと思うけど？」

「……それでも、気に食わん」

だが相手が陽明だったからか。連傑はそれ以上言及せず、食い下がった。

それを見た優蘭は、気づく。

そっか。兵部尚書も、分かってはいたんだわ。

それでも今回、こうやって不満を口にしたのは、彼がそれだけ杏津帝国を恨んでいるということだろう。それだけで、戦時中の苦労が分かった。

そして周りが連傑に対して強く出ないのは、そういった、理性ではどうしようもない怒りを知っているからだ。もしくは彼が、杏津帝国との戦争で傷を負った人間たちの代弁者なのかもしれない。

どちらにせよ、連傑の怒りが収まったことで、大会議場が少しばかり落ち着いた。

優蘭は安堵《あんど》したが、次に出てきた空泉の言葉に愕然《がくぜん》とする。

「……というわけで、杏津帝国の外交使節団をどうするか、なのですが。わたしは宮廷ではなく、緑韻宮にて受け入れるのが良いかと思っています」

……え？

＊

避暑地行きを報告してから早一週間。

優蘭は再度、妃嬪《ひひん》たちを紫苑宮《しおんきゅう》の大広間に招集していた。

今回は茶会という名目ですらなく、本当に招集だ。なので優蘭たち健美省《けんびしょう》の面々が壇上に立ち、妃嬪たちがその下で何事かとざわめいている。

過去最高に重たい気分の中、優蘭はふぅ、と一度深呼吸をしてから口を開いた。

「此度《こたび》、再度妃嬪方をお呼びしてしまい、大変申し訳ございません。ですが重大な報告がございまして、こうして再招集をかけさせていただきました。……避暑地行きの件です」

ざわりと、場がより一層揺らいだ。それが大きくなる前に、優蘭は声を張り上げて要件を告げる。

「今回の避暑地ですが、杏津帝国の外交使節団も招くことになりました。……代表の方は、皇弟殿下です」

一瞬、場が静まり返った。

その後、先ほどの比ではないほどのざわめきが場に広がる。その大半が予想外のことを言われたことへの混乱と、不満だった。

予想していた反応だけれど……楽しみにしていた妃嬪方が多かった分、不満の声が大きいわね。

しかも、よりにもよって杏津帝国の外交使節団だ。不満に思わない黎暉大国民はいないだろう。ただ官吏たちも、考えなしで避暑地を使節団との交流場所に選んだわけではないのだ。

だがそれを説明したくとも、妃嬪たちの声が大きすぎて優蘭の声が届かない。それどころか今にもものが飛んできそうなくらいの剣幕だったため、健美省の新人女官たちが泣き出しそうな顔をしているのが見えた。

宦官《かんがん》たちも落ち着くように窘《たしな》めているが、それでどうにかなる状態をとうに超えている。

まずい。収拾がつかなくなってきた。

銅鑼《どら》でも用意しておけばよかったと、優蘭が焦りを見せたときだった。

「静かになさい!!」

鋭い、針で刺すかのような声が大広間中に響き渡った。

あまりにも大きく響いた声に、妃嬪たちだけでなく健美省の面々も驚き、言葉を失う。

しかもその声の主が紫薔《ししょう》だということが、優蘭を何より驚かせた。

こういうことをしそうなのは、徳妃《とくひ》様だと思っていたのに……。

優蘭がそう思って呆気《あっけ》に取られていると、紫薔は先ほどよりも落ち着いた、しかし大広間に響く声で続ける。

「珀長官のお話はまだ終わっていないわ。不満を口にするのは、それを聞いてからでも遅くないはず。……でしょう?」

それに、と紫薔は間を空けてから棘《とげ》のある声を出す。

「このようなことで慌てふためくようでは、陛下の寵愛《ちょうあい》など夢のまた夢だわ。だって、お里が知れるというものだもの。……そうでしょう？　ねえ？」

明確に、誰かに問いかけているわけではなかった。しかしどういった人物たちに問いかけているのかは明白だった。

その証拠に、いの一番に声を上げたのは静華《じょうか》である。

そう。紫薔は、自分と同じ後宮の中心人物たち――つまり、四夫人や寵妃《ちょうひ》たちに問いかけたのだ。

「そうよ、全員落ち着きなさい。このようなことで姦《かしま》しく騒ぎ立てるだなんて、本当に陛下の妃なの？　はしたない」

「郭徳妃の仰《おっしゃ》る通りだわ。それに、いくら混乱して怒りを覚えたからといって、それを珀長官にぶつけていい理由にはならない。怒りの矛先を間違えているのではなくって？」

その言葉に、妃嬪たちがぐっと押し黙る。己の行動を省みて恥じらう者もいれば、静華や紫薔の棘しかない発言に腹を立て、憎々しそうに睨《にら》む者もいた。

しかし彼女たちだけでなく、鈴春《りんしゅん》、明貴《めいき》、爽《しょう》までもがそれに追従する形で、発言した二人の側に寄った。そうなれば、これ以上何かを語るのは得策でないと誰もが理解できるだろう。

少しのやり取りで場の制圧が完了したことに呆気に取られるのと同時に、優蘭は悟る。

敢《あ》えて、紫薔があのような言い方をして話を切り出したことは明白だった。ああいう言い方をすれば周りの不評を買うことを、彼女が分かっていないはずないからだ。

それを進んでやったということは。

健美省《わたしたち》に向けられた悪意を、少しでも逸《そ》らすため……。

静華ならば同じように、妃嬪たちを叱りつけるであろうことを見越しての先手だろう。どちらも敵対派閥の主要人物たちだ。彼女たちがああ言えば、下についている妃嬪たちは黙らざるを得ない。そうなれば、中立派も自然と口を閉ざさねば今の立場を守れないことになる。

その連携に、優蘭は感謝すると同時にここまでのことができるようになったのか、と感心した。

そう思いつつ、優蘭は寵妃たちが与えてくれた隙を逃すことなく、事情を説明し始める。

「皆様が不満を抱くのは、当然かと思います。……ただ、相手が杏津帝国だということ。また異国の方には都の夏は難しいということから、都ではないところで交流を深めようということになりました」

こう言ったが、未《いま》だに関係が怪しく、しかも過激派筆頭の皇弟を国の中心部に入れたくない、というのが本音だ。ただそれを馬鹿正直に言えるわけもないので、建前としては「都の夏の恐ろしさ」を前面に押し出し、離宮を外交拠点としたい、という感じだとか。

何故《なぜ》数多くある離宮の中で緑韻宮になったかというと、妃嬪たちの避暑地行きが決まった時点で用意が始まっていたから。また、杏津帝国から見て一番近い離宮がそこだったからだ。

本当ならば菊理州に住まう人々の心を乱したくはなかったのだが、隣接している柊雪《しゅうせつ》州《しゅう》、白桜州《はくおうしゅう》に向かうには山を越えなければならないという点。またわざわざ迂回《うかい》した経路で外交使節団を招けば、歓迎していないと向こうにとらえられる可能性があり、それが付け入る隙になってしまうという点から、仕方なく緑韻宮になった。

政治的な駆け引きを理解できている妃嬪が多いので、恐らく今の説明で避暑地が選ばれた理由を悟ってくれるはず。

まあそれで、納得できるかどうかは別なのだけれど……。

感情と理性というのは、決して相容《あいい》れないものだ。そして感情を抑制すればするほど、理性の耐久性は削れていく。

ただでさえ人を苛立《いらだ》たせる気候の中、他国を交えた政治問題に関わることになるのは、相当な労力だ。しかも今回は事前に避暑地行きを「朗報」として知らせてしまった分、落胆は大きいはず。

本当ならば、その辺りの管理も含めて健美省がやらなければならない。のだが、避暑地行きの事前準備やら何やらで正直それどころではない。なので今は耐えてもらい、終わった後に何かしらの褒美を用意するしか方法が思いつかない、というのが心苦しい。

でもそれって、避暑地で問題が勃発する危険性も上がるってことなのよね……。

本当にもう、何故こうも問題が次々起こるのか。優蘭は内心そう叫んだが、今は誠心誠意謝るしかないのだ。だから頭を下げようと、すっと背筋を正したのだが。

「……皆さん。これは、国の安寧を左右する、重要かつ大切な案件だと思いませんか？」

淑妃《しゅくひ》・綜《そう》鈴春が、かすかに首を傾《かし》げてそう呟《つぶや》いた。

それに、明貴も深く頷《うなず》いて同意する。

「綜淑妃の仰る通りです。今回行なう外交使節団の接待は、黎暉大国そのものが一致団結して取り組むべき案件かと。……それはつまり、後宮の花でもあり国の権威である貴族の娘でもあるわたしたちが、率先して取り組むべきものです」

え。

あまりにもきっぱりした物言いに、優蘭は呆気に取られてしまう。

しかし優蘭が何か口にする前に、爽が口を開いた。

「完全に同意いたします。……でしたらわたしは、実家に一報を入れてお父様にご支援いただけるよう、お願いしてみようと思います」

「し、修儀《しゅうぎ》様、それは……」

「どうかされましたか、珀長官？　この問題は、国を挙げて立ち向かうべきだと思うのですが……？」

本当に何を言っているのか分からない。そういった態度で爽が首を傾げると、なんだかこちらが間違ったことを言っているような気がしてくる。

するど、紫薔がわざわざ壇上に上がって優蘭に詰め寄ってくる。

「そうだわ、珀長官。いらっしゃる外交使節団の主要人物たちは、なんていう名前なの？教えて頂戴」

「そ、それは……」

「教えてくださいますよね？　だって、わたしたちも関係しているのですから」

紫薔だけでなく鈴春まで壇上に上がって、ぐいぐい近づいてきた。いつもの通りに追い込まれてしまい、完全に言わざるを得ない空気が漂ってくる。

助けを求めるべく壇の下を見たが、そこにいる妃嬪たちも「言いなさい」と言わんばかりの顔をして優蘭に熱い視線を向けてきた。

しどろもどろになりながら、優蘭は口を開く。

「……主要人物の黎暉大国名は、『王虞淵《おうぐえん》』『王魅音《みおん》』。こちらのお二人は、親子です。そして秘書官として、『胡神美《こじんび》』という女性がいらっしゃいます」

優蘭は、事前に聞いていた名前を打ち明けた。すると、妃嬪たちがその名前をぶつぶつと呟き始める。まるで自分の記憶に刷り込ませているようだ。

それはどんどん伝播《でんぱ》していき、やがて燃え上がる。

「わたしたちの楽しい避暑地行きを邪魔して……」

「絶対に許せないわ」

「かと言って、嫌がらせするなんて程度が低いものね……」

「そうよ！　だから別の形でわたしたちの本気を見せつけてやらなければ」

「……ええっと、あの……」

口を挟む間もなく、何故か話がとんとん拍子で決まっていく。唯一止められそうな四夫人と寵妃たちはそれを止めるどころか静観していて、まったく収拾がつかない。

「何一つ文句が出ないくらい盛大に、歓迎してあげなくてはね！」

『打倒！　杏津帝国!!』

優蘭を含めた健美省を置き去りにして、妃嬪《ひひん》たちが斜め上な形で一致団結してしまった。

声を揃《そろ》えて杏津帝国打倒を誓い、早速実家に連絡を入れないと！　と息巻く妃嬪たち。

それを遠巻きに眺めながら、優蘭は「さらに大変なことになる気がするわ……」と少し遠い目をしたのだった。

かんっぜんに、四夫人と寵妃たちの独擅場だったわね……。

麗月を連れて目的地へ向かう道すがら、優蘭は思わずそんなことを思ってしまった。

あの場では混乱と緊張もあり冷静にものを考えられなかったが、こうして熱気の中から離れて歩いていると、四夫人と寵妃たちがどうしてあのような方法を取ったのか、自《おの》ずと分かってくる。

健美省に向けられた不満を、杏津帝国に向けるためだ。

そのために、まず紫薔と静華が妃嬪たちの行ないを咎《とが》める。これにより、かっとなって周りが見えなくなっていた妃嬪たちの頭を冷静にさせるのと同時に、負の感情の矛先を逸らした。

その後、鈴春と明貴、爽の言葉で今度は「根本的な問題は杏津帝国にある」という話の本質をつく。その上で、皆が抱いていた負の感情を「打倒杏津帝国」という原動力に変換。

状況を上手に好転させた、というわけだ。

「しかも、その後に杏津帝国外交使節団の主要人物たちの名前を言わせたのは、妃嬪たちの視線を『杏津帝国』という規模の大きいものではなく、『一個人』に向けさせたかったのよね……」

思わずそんな独り言をこぼせば、背後にいた麗月が拾ってくれる。

「優蘭様の考えている通りかと思います。人の想像力というのには、やはり限界がありますからね。分かりやすく個人を認識させたほうが、都合がいいと考えられたのかと」

「……私が言うのもなんだけれど、団結しすぎじゃない？」

「十中八九、計画したものかと思いますよ」

「……知らないところで団結力が生まれている……」

まあ確かに、妃嬪たちの情報網があれば、外交使節団がくることを事前に知ることが出来たのかもしれない。

でもだからといって、ここまでの対策を取っているとは……。

こう言ったらなんだが、少しのけ者にされた感じがした。言ってもらえたら全力で案を考えて支援したのに。

あと純粋に、その変化が嬉《うれ》しくもあり、寂しくもある。

一年前はあんなにも対立していた妃嬪たちが、四夫人と寵妃たちによって一致団結した。しかも、健美省の介入なくだ。その姿は優蘭が想像していたよりもきらびやかで、この中の誰が国母に選ばれてもおかしくないな、と感じた。

……ハッ。これがもしや、唐突な親離れで虚《むな》しさを覚えている母親の心境⁉

と、馬鹿みたいなことを考えながら歩いていたら、麗月が生温かい目を向けてきた。

「優蘭様。なんだか疎外感を覚えていませんか？」

「あ、ばれた？」

「なんだかそのような顔をしていらしたので。ですが、疎外感を覚える必要はないと思いますよ」

「……あら、どうして？」

「あれは恐らく、優蘭様への負担を減らすために立てた作戦だからです。郭徳妃様辺りは皇帝陛下のお名前に釣られたかと思いますが……少なくともこの状況に至ったのは、優蘭様が今まで積み上げてきたものがあったからです。そこには自信をもってよろしいかと思います」

「麗月……いつもありがとう。励まされるわ」

相変わらず、優蘭の思考を読むのが上手すぎるし、それを補足する力が長《た》けている。そのため、優蘭は感動した。

それに、疎外感を覚えるのはお門違いだということも分かり、心のつかえが取れる。

そうだ。優蘭には他にも対処しなければならないことがある。

目先の問題は間違いなく、充媛・邱藍珠の件だ。

外交使節団を招く先が離宮になったことで、皇帝も妃嬪たち全員参加を無理強いする必要はないと言ったのよね。

だから、藍珠が望むならば、このまま後宮に残ることもできる。他にも希望者がいる可能性もあるので、それも含めて手筈《てはず》を整える予定だ。

麗月とこれから向かおうとしているのも、彼女のところである。

というのも、今日の招集が終わった後に話をしようとしたのだが、どうやらあの一致団結が終わった後、早々に自身の宮殿に戻ってしまったようだからだ。

中立派に所属しているということで、明貴に先に退出することだけ言い残して行ったという。そのときの顔色が悪く、普段と比べて様子が大分おかしかったと明貴から聞いていたので、体調面でも心配だった。

なので、それを確認する意味でも向かっていたのだが。

どんどん自然が多くなり、周りから建物が減っていくため、どことなく別世界に迷い込んでしまったかのような心地になる。

後宮内はかなり広く、その上植物が多い場所ではあるが、これから向かう茉莉花宮《まつりかきゅう》はその比ではなかった。

後宮の中でも本当に人が寄り付きにくい区画に、他の宮殿と比べると小さめの建物がひっそりと建っている。隠れ家、と呼ぶのがしっくりくる佇まいに、優蘭は既に数回来ているにもかかわらず感心してしまった。

目立つ花木と言えば、宮殿の名前でもあり、ここを使っている寵妃《ちょうひ》が賜った銀簪《ぎんかんざし》にも使われている茉莉花だ。宮殿を覆うように植えられていて、今の時期から小さな白い花をたくさん咲かせている。茉莉花特有の甘くて魅惑的な香りが立ち込めていて、ここに来るたびくらくらする。

花が開いてないときは、どこにでもありそうな普通の花木でしかない。

そして花が咲いた姿は小さい花弁が集まり可愛《かわい》らしくこんなにも清楚《せいそ》なのに、香りは甘く蠱惑《こわく》的でこんなにも人を酔わせる。印象一つとっても、見る部分によって全然変わってしまう。それが茉莉花だ。

まさしく、藍珠のような花だと思う。

皇帝が自身の寵妃たちに与える花は、優蘭の目から見ても的確だ。

「ここ、夏に来るとこんな感じなのですね……」

麗月が感心しているのを他所《よそ》に、優蘭は入口の呼び鈴を鳴らした。

いつもならば藍珠が唯一付けている侍女が出てくるのだが、今回はどうしてか藍珠本人が入口に現れる。

彼女は優蘭たちの姿を認めると、ああ、と頷いた。

「……もしかして、避暑地の件できたのですか」

「はい、充媛様。その、陛下ともお話ししたのですが、杏津帝国の外交使節団もいらっしゃることですし、無理強いはしないと仰せでした。なのでもし気乗りしないようであれば、」

「いえ、行きます」

「……今、なんと？」

短いが予想外のことを言われてしまい、優蘭は思わず藍珠に聞き返してしまった。

すると藍珠は、感情の読めない無表情で再度、きっぱりと言い切る。

「気が変わりました。避暑地、行きます」

＊

「……あの、皓月」

「どうしましたか、優蘭」

「私には、女心が一生分からないのかもしれません……」

「……えっと？」

右丞相の執務室にて。

報告のために部屋を訪れた優蘭は、休憩用の長椅子に座り皓月に茶を用意してもらう間に思わずそんなことを呟《つぶや》いた。

今日、皓月は屋敷《やしき》に戻ってこない。やるべき仕事が山積みだからだ。もしかしたら数日こもりきりになるかもしれないということを知っていたので、優蘭はこうして直接、皓月の執務室を訪ねたのである。

そんな優蘭に茶を差し出しながら、皓月は優蘭のとなりに腰かける。彼の手がそっと労《いたわ》るように優蘭の背中を撫《な》でてくれたおかげか、少し落ち着いた。

それを見計らってか、皓月が優蘭の顔を覗《のぞ》き込んでくる。

「それで、何があったのですか？」

「……ええっとですね。まず、妃嬪方《ひひんがた》の説得は、なんとかなりました。というより、杏津帝国に対しての敵対心を煽《あお》って、全力でおもてなししてやる！　というわけの分からないほうに原動力を向けさせました。……主に、四夫人方と修儀様が」

「……なるほど。怒りを発散させるために、上手《うま》い方向に軌道修正したというわけですね。四夫人と長孫修儀がそのようなことをされるとは……後宮も大分まとまってきたように思います」

「それは本当にその通りですね。なので、各州で権力を持っている貴族の方々が、きっと協力してくれるはずです」

「徐尚書がお喜びになりそうな報告ですね」

「確かに」

優蘭としても、これを機に大量の金銭が動くな、実家に知らせておかないといけないわね！　と思ってしまったので、天佑がはしゃがないわけがないだろう。思考回路が似たり寄ったりなので、これは絶対だ。

しかし、もう一つの案件にもやもやしてしまい、素直に喜べない。

その気持ちを、優蘭は皓月に吐露した。

「ですが、その……充媛様なのですが」

「はい。彼女がどうかしましたか？　参加せずとも良《い》いという形になったと思うのですが」

「いえ、それが……むしろ、参加すると仰《おっしゃ》りまして……女心が分からなくなりました」

そう言うと、皓月が笑みをたたえたままぴきりと固まった。それからああ、と納得した声を上げる。

「ですから、先ほど『私には、女心が一生分からないのかもしれません……』なんて仰ったのですね」

「はい……」

こう言ってはなんだが、こんなふうに振り回されるのは静華のとき以来だ。彼女のときも相手の思考回路がまったく分からず四苦八苦したが、今回はなんというか、本当にわけが分からない。

「そもそも、充媛様がこのようなことを仰ったのは初めてなんです。あまり目立ちたがらず、かといって必要な行事には必ず参加なさっていた模範的な方ですから」

「そうですね。なので摑《つか》みどころがないというか、神秘的というか……そういった面も含めて、陛下は彼女のことをお気に召したようです」

相変わらず、女性の好みが広い。広すぎる。それがいいことなのか悪いことなのかは分からないが、優蘭を全力で振り回しているということだけは確かだ。

杏津帝国の外交使節団、そして避暑地行きへの精神的負担もあり、優蘭は思わず思いの丈を皓月に吐き出した。

「だから私もかなり深刻に今回の事態を捉えて、あれやこれやと気を揉《も》んだのです……なのに！　気が変わったというだけで参加されるなんて！　どういうことですか!?　それとも、私が何かしたとか……!?」

「心変わりしたことは確かかと思いますが、優蘭が何かした可能性というのは低いのではありませんか？」

「そうですが……」

優蘭が藍珠にしたことといえば、避暑地行きの不参加に関しては、少し猶予が欲しいという文を送ったこと。そして今日の報告会で、杏津帝国の外交使節団が避暑地に来るという話をしたこと、その過程で外交使節団の主要人物を教えたことである。

それ以外で何か話した覚えはないので、ますます分からない。

「それに、邱充媛が参加してくれるのであれば、優蘭としても嬉しいでしょう。なんせ陛下の寵妃のお一人ですから。いくら陛下が参加せずとも良いと仰ったからとはいえ、杏津帝国を歓迎する姿勢を見せるならば、最低でも四夫人と寵妃二人が揃《そろ》っていないと格好がつかないと思います。少なくとも、江尚書はそのように考えるでしょうね」

「……江尚書に後から文句を言われないというのは、私としても嬉しい限りです。嬉しい限りです、が……やっぱり、釈然としないです！」

「そうですよね……」

そう言って皓月は優蘭を慰めたが、同時に首を傾《かし》げた。

「ですがそれにしても、優蘭は今回、かなり気が立っているように思います。……どうか、しましたか？」

「……皓月は、なんでもお見通しですね」

「それはもちろん。だってわたしは、あなたの夫ですから」

そう言われ、優蘭は躊躇《ためら》いながらも口を開く。

「……今回の件で、郭将軍と紅儷《こうれい》が説得役になったこと、それが一番気に食わないんです」

優蘭がこの件で何故《なぜ》こんなにも苛立《いらだ》っているのか。

それは、菊理州の国境に住まう有力家系・沈家《ちんけ》――つまり紅儷の実家の説得を、慶木《けいぼく》と紅儷がすることになったからだ。

既に菊理州の国境沿い・柳邱《りゅうきゅう》に向かっているという。

確かにこの一件において、紅儷ほどの適任者はいない。

しかし。

『でも。だからこそ。わたしは、「いつか必ず、お前のことが必要になるときが来る。だからその日まで、信じて待っていて欲しい」と言ってくれた慶木の言葉と志を心から信じているよ』

そう言って笑った紅儷を思い出し、もどかしい気持ちになる。

郭将軍が言っていた『必要になるとき』って、これなの？

こんなこと、とは言わない。国のこれからに関わる大事なことだからだ。

しかし優蘭としては、もっと。紅儷が本当の意味で活躍できるようになる、という意味だと思っていたのだ。

そう、紅儷が実家にいたときのように、武器を持ち戦うというような。そんな、彼女らしく生きられるものだと。

「……すみません。こんなの、ただの八つ当たりですよね。もっとしっかりしないと……」

「……いえ、優蘭が混乱する理由は分かります。実際、不確定な要素が多すぎますから。それに、邱充媛のことに関しては陛下も懸念しています。……なので、邱充媛は望まないかもしれませんが陛下に許可をいただいて、慶木がついでに現地で彼女の身辺調査にあたる予定です」

「なるほど。確かにいい機会ですね」

「はい。それに、郭夫人に関しては安心してください。慶木が守りますから。彼はああ見えて、愛妻家ですよ」

「……知っています」

そんなやりとりをしていたら、波立っていた心がゆっくりと凪《な》いでいくのを感じた。

……本当に、いつも皓月には、救われてばかりだわ。

杏津帝国の外交使節団が来るという話を聞いて倒れかけたときも、皓月がいなかったら大変なことになっていただろう。

なのに彼は今、なんてことはない顔をして笑っている。優蘭同様、いやそれ以上に忙しいはずなのに、どうしてこんなにも普段と変わりないのだろうか。

そう考え、藍珠の件とは別の意味で釈然としない心持ちになった。

だからか、思わず口に出す。

「……皓月は、悩みとかないんですか？」

「悩み、ですか？」

「はい。私ばっかり助けられてます。情けないです……」

「そんな、情けないなんてことはありません。むしろ、頼ってもらえてうれしいくらいですから」

「……なら、私のこともっと頼って欲しいです……」

それを聞いた皓月は、虚を衝かれた顔をしてから破顔した。

まるで子犬が主人が帰ってきて喜んでいるかのような顔に、優蘭は目を白黒させる。

「優蘭。わたしは既に助けられていますよ。今だって優蘭が来てくれなければ、陰鬱なまま仕事をするところでしたから……」

「……え。皓月にもそんなときが……？」

「仕事自体に不満はありませんが、優蘭に何日も会えないかと思うと気が重たくなります。想《おも》いが通じ合ってからも言葉を交わせないことはありましたが、寝ているあなたを抱き締めれば疲れなんて吹き飛んだのにそれもないので……すみません、情けないことを言ってしまって」

……ええっと、それは、つまり？

皓月の最大の不満は、優蘭に会えないこと、ということだろうか。

なんだそれは。可愛《かわい》すぎないかしら⁉　と優蘭は思う。情けないどころか、優蘭にしか見せない隙が愛おしくて仕方ない。

どちらにせよ、優蘭が皓月の望みを叶《かな》えない選択はない。優蘭だって会えないのは悲しいからだ。

そう思った優蘭は、拳を握り締めぐっと皓月を見上げる。

「では、一日一回、理由を作って会いに来ます！」

「……本当ですか？」

「もちろんです。夫のそれくらいの望みを叶えられないほど、私は矮小《わいしょう》ではありませんから！　それに……私も、皓月には会いたいですし」

「優蘭……」

感動した、とでもいうように目を輝かせた皓月は、優蘭の両手をそっと取った。

「では……そのとき、抱き締めるのはありですか？」

「そ、それは……もちろん」

「なら、口づけは……？」

「……えっ」

職場でそれはどうなのだろう、という思いがこみ上げてくるが、しかし妻としてその程度の願いを叶えられないのもどうかと思う。

「……ぜ、絶対にばれないときなら……」

なのでしどろもどろになりつつも頷《うなず》けば、握られていた手を勢い良く引かれた。瞬間、爛々《らんらん》と瞳を輝かせた皓月が視界に映る。

口づけされたと理解したとき、優蘭は顔を真っ赤にして固まった。

本当なら、ここで何か一つでも文句を言えたらよかったのだろう。しかし先ほど「絶対にばれないときなら」と言ったし、今日から帰宅しないので先ほど約束した条件を破ったわけでもない。

そして、優蘭自身も嬉《うれ》しいと思ってしまった。

これが、優蘭が皓月に対して何も言えなかった一番の理由だった。

そのせいか、皓月のことを直視できない。

「優蘭。首まで真っ赤です」

「……誰のせいですか」

「ふふ、すみません。でも、これで今日も頑張れそうです。なので……明日も、してくれますか？」

たっぷり、間を空けてから。優蘭は顔を思いっきり逸《そ》らして、一つ頷く。

「……約束、しましたから。それ、に」

「それに？」

「……私も、皓月にしてもらったら……お仕事、頑張れるので」

そう言ったら、今度は皓月のほうが固まってしまった。

それからそっと優蘭から距離を空け、口元を手の甲で隠して呟《つぶや》く。

「そういう可愛いことを言うの、やめてください……帰したく、なくなってしまうので」

「え、あ……す、すみませんっ！　あ、の……私、戻りますね⁉」

声をひっくり返しながら、優蘭は今までにないくらいの速度で執務室を出た。

なんとか礼儀のほうは忘れなかったが、それでも心臓はバクバクと音を立てている。

顔を真っ赤にした皓月も、可愛かったわ……。

そう思いながら。

優蘭は絶対に道に迷わないよう、道順を念仏のように頭の中で唱えながら、帰路についたのだった。

第三章　妻、自身の選択を後悔する

その名前を聞いた瞬間、頭が真っ白になった。

それと同時に、消し去りたかった過去が。厳重に蓋をしたはずの過去が呆気《あっけ》なく開いて、濁流のように彼女を飲み込む。

――そこには、少女が二人いた。

赤毛に藍色の目をした少女と、金髪に同じく藍色の目をした少女。

どちらも藍色だったが、赤毛の少女のほうが深海の色に近く、金髪の少女のほうが空の色に近かった。

少女たちはぼろぼろの手をぎゅっと繋《つな》ぎ合《あ》わせながら、胸の内を吐露する。

『こんな国、嫌いだわ』

『うん。杏津帝国《あんってぃこく》も嫌い』

『だったら、どちらも滅ぼしてしまおうよ』

『うん。――約束よ』

この瞬間だけ、少女たちは確かに幸せだった。

現実がどんなに辛《つら》くても。

母親から振るわれる暴力がどんなに痛くとも。浴びせられる罵声がどんなに心に突き刺さっても。

『わたしたち、これでお揃《そろ》いね』

そうあどけなく笑って、お互いが怪我《けが》をしたとき、同じ場所に同じように傷を作って、同じ痛みを分かち合った。

だからあのときの〝わたしたち〟は。

あのときだけは、二人で一人で。痛みも苦しみも全部はんぶんこで。

そしてこの瞬間だけは、希望に満《み》ち溢《あふ》れていた——


「ッ！　ぁっ……」

その瞬間、彼女は跳ね起きた。

自分でも驚くほどの汗が、体から噴き出している。髪や衣が体に張り付き、絡みつき、ひどく不快だった。

いくら過ごすのがつらいと言われている黎暉大国《れいきたいこく》の都の真夏だって、こんなにも汗をかかないだろう。しかも今はまだ初夏の頃だ。だからこれは別に、気候のせいではない。

彼女自身の、心の問題だ。

「……やっぱり過去は、捨てられないみたい」

そうぼやき、彼女は両膝を抱えて自身の体を掻《か》き抱《いだ》く。

それでも。彼女は、今の環境を。そして自身の立ち位置を愛していた。

一年で、この後宮はとても変わった。ひりつくような雰囲気から、時折衝突はあるが互いに尊重し合い、それでいて笑い声が響く美しい花園になった。

もちろん、皇帝が妃嬪《ひひん》たち全てに等しく愛を注いでいたことも、要因の一つだ。

しかしその中心にいたのは、たった一人の女官だった。

珀優蘭《はくゆうらん》。

優蘭の登場により後宮が劇的に変化したなど、昔の彼女なら信じなかっただろう。

だが、それが現実に起きた。それも、彼女の目の前で。

ならば。もし、彼女が想像する最悪の事態がやってこようとも、どうにかなるかもしれない、と思った。

そしてそのためには、自分が過去と向き合う必要がある。

そう思うだけで、体がガクガクと震えた。

恐怖、焦燥、苦痛、渇望。

あのとき抱いていた感情が濁流のように押し寄せて、恐ろしさのあまりそれを体が拒絶しようとしている。

捨てたかった過去だ。思い出したくもなかった過去だ。だって、今が幸せだから。

それでも。

今のこの幸福を、そして彼女が愛するこの環境を守るためには、避けて通れない。

「そのためにも……今回の避暑地には、絶対に行かなきゃ」

そう、震える声で呟き。

彼女――邱藍珠《きゅうらんじゅ》は、汗を流すべく寝台から抜け出した。

＊

避暑地行きが決まってから、早二週間。

その間に様々なものが決まり、そして変更することが続いた。

まず、外交使節団のための歓迎会の企画。そのための予算組み。

この辺りは、空泉《くうせん》と天佑《てんゆう》が不気味なぐらい協力して、今までにない速度で企画を立案してくれた。

だがその企画がどんどん豪華かつ盛大になっていったのは間違いなく、実家に協力要請をしてくれた妃嬪たちのおかげだろう。

いくら憎き元敵対国とはいえ、こちらの権威を見せつけるならそれ相応のものを用意しなければならない。それは貴族としての矜持《きょうじ》であり、意地だ。

また一貴族として。そして親として、娘から相談を受ければ無下にはできない。

その上、これが上手《うま》くいけば皇族にも胡麻をすれる。皇族の権力を見せつけた冬季の宮廷内大改革や牡丹《ぼたん》祭での一件が追い風となり、貴族たちの重たい腰を上げさせるきっかけになったのだ。

その甲斐《かい》あって、もてなしに必要な特産品や金銭などは割とすんなり集まった。

これには、天佑が一番喜んだ。というのも、昨年末に決めた予算が避暑地行きによって大きく変更されることに、いい顔をしていなかったからだ。

さすがは金の亡者、尚且《なおか》つ商人視点、といったところか。

優蘭としても気持ちは分かるので、それに関しては思わず頷いてしまった。

ただ妃嬪たちの助力もあり物資や財政面はどうにかなったが、一部妃嬪たちの避暑地へ向かう時期、それ以外の歓迎の一環として必要な歌や踊り、演劇といった点は、見直さなければならなくなった。

第一に見直されたのは、一部妃嬪たちの避暑地へ向かう時期だ。

ここでいう一部妃嬪たち、というのは、紫薔《しょう》と明貴《めいき》を中心とした一行のことだ。

紫薔の場合、まだ幼い子どもを連れての移動になるため。

そして明貴は、ここ最近体調があまり優れないため、先んじて避暑地入りさせることを彼女の専属医官が申し出た。

ただの避暑地行きであれば多少の日程変更は問題ないのだが、外交使節団がくるとなれば、しっかり日程を決めなければならない。なので彼女たちは先んじて、避暑地入りをすることになったのだ。

そして第二に見直されたのは、歓迎方法である。

というのも、今回そういった行事の盛り立てを一任されていたのは、内儀司《ないぎし》だけだったからだ。

そもそも、妃嬪たちのための避暑地行きだったのだから当たり前だ。

しかし外交使節団がくるのであれば、妃嬪たちもそれ相応の歓迎する姿勢を取らねばならない。それゆえに、先に緑韻宮《りょくいんきゅう》へ向かう二人以外の四夫人が中心となって、短めの演劇をしようという話になった。

同時に、あまり馴染《なじ》みがない杏津帝国のことを知るために、特別顧問を呼び寄せることになったのだ。

何故《なぜ》そうしたのかというと、指揮を執る優蘭も杏津帝国に関しての知識が乏しかったからだ。周辺諸国の中でも唯一、行ったことがない国だった。許可証の申請が通らなかったのだから仕方がないが、こんなところでそれが仇《あだ》となるとは誰も思うまい。

かといって、妃嬪の一人である桜綾《おうりょう》に指揮を任せるのは心もとないし、負担が大きい。

ということで、潔く外部から有識者を招き入れようということになったのだが。

――その顧問として紅儷《こうれい》が呼ばれることになったのは、優蘭としては予想外だった。

紫苑宮《しおんきゅう》、大広間にて。

「本日より、臨時の特別顧問として参りました、郭《かく》紅儷と申します。皆様、どうぞよろしくお願いいたします」

壇上の前方でそう言い、優雅にお辞儀をした赤髪緑目の麗人を、妃嬪たちは羨望の眼差《まなざ》しで見つめていた。

それもそのはず。女性的なしなやかさがありながら、背筋をぴんっと伸ばして佇《たたず》む姿はどこか中性的で、独特の色香がある。

武器を携えていなくとも、滲《にじ》み出る武人としての風格があるのだ。

赤髪緑目という都ではあまり見ない容姿もあいまって、彼女は女性たちが理想とする物語の中の殿方といった雰囲気をまとっていた。

妃嬪たちの多くがすっかり魅了されている中、特に強い眼差しを向けていたのは静華《じょうか》だ。

「お義姉様《ねえさま》！　よくおいでくださいました！」

静華はそう言って紅儷に駆け寄ると、頬を赤く染めて微笑《ほほえ》む。その姿はまるで恋する乙女のようで、皇帝が見たら嫉妬しそうだと思った。

優蘭への対応との差に、こっそり苦笑する。

憧れの人って感じよね。

実際、静華は頻繁に紅儷と文でやりとりをしていた。今回紅儷を呼びたいと皇帝に願い出たのも静華だ。事態が事態だったため皇帝もそれを受け入れ、優蘭と同じ通いという形で一時的に、杏津帝国の文化監修や演劇の内容に関する監修、及び指導をすることになったのだ。

そんな紅儷は、駆け寄ってきた静華に対して笑みを浮かべる。

「息災でしたか、静華」

「いやです、お義姉様。普段のようにお話しください……」

「……ふふ、それもそうだな。呼んでもらえて嬉《うれ》しいよ」

「っ！　は、はい、お義姉様……わたしも、後宮へ入ってからもお義姉様にお会いできて嬉しいです……」

そんな一連のやりとりを見た妃嬪たちは、紅儷にすっかり魅了されてきゃあきゃあと黄色い声を上げている。

皇帝以外の異性といえば宦官《かんがん》だが、あれはまた別の生き物として見ている妃嬪が大半だろう。なので同性でありながら男性的な側面も感じられる紅儷の存在は、妃嬪たちにとってとても刺激的なようだ。

ほんと、この場所に皇帝がいなくてよかったわ……。

それを壇上から一番遠い壁際に寄って眺めながら、優蘭は内心苦笑いを浮かべた。

きっとこの場所に皇帝がいたら、確実に拗《す》ねていただろう。そうなれば皓月《こうげつ》と陽明《ようめい》が苦労する。夫の疲れ切った姿を見るのも、尊敬する上司が死んだような目をするのも見たくないのだ。

優蘭からしてみたら、妃嬪たちが抱くそれは恋心というより、同性に対してだからこそ生まれる憧れのようなものだ。

安全に眺めていられる理想の存在、偶像とでも言うべきだろうか。

しかもその相手は、静華の義姉で郭慶木《けいぼく》の妻である。身元までしっかりしているので、安心感が違う。

しかしもちろん、そんな紅儷にきゃあきゃあ言う妃嬪ばかりではない。

なので一部の妃嬪が早く話を始めたそうにしていたが。

「皆。時間もないし、そろそろ本題に入ろうか」

そこを敏感に感じ取り、紅儷は微笑と共にそう言った。

すると、今まで黄色い声を上げていた妃嬪たちがすっと静まる。

それを機に、紅儷は今回の企画の中心人物である桜綾に視線を向けた。それを受けた桜綾は、慌てて壇上にのぼり口を開く。

「そ、それでは……今回、わたしたちでやる演劇について、話をしたいと思います……！」

桜綾を今回の企画立案者にしたのには、理由があった。

それは少なからず、杏津帝国で流行《はや》っている物語などを知っているからだ。

彼女の祖国である和宮皇国《かずのみやこうこく》と杏津帝国は古くから付き合いのある仲で、それもあり文化交流もあった。

杏津帝国に関しては優蘭も知らない点が多いため、今回頼ろうということになったのだ。

「えっと……内儀司女官長とも話し合いまして、今回は杏津帝国のある恋物語を黎暉大国風にしたものが良《い》いのではないかということになりました」

そう前置きをして、桜綾は簡単に大本となる物語のあらすじを語り始めた。

──その恋物語は、主人公の青年の婚約者の少女が海賊によって攫《さら》われてしまうところから始まる。

攫われた婚約者は太守に売られた。青年は婚約者を取り戻すためにはるばる海を越え、彼女を返してもらうために家来に会いに行くが、すげなくされてしまう。

それでも諦めなかった青年は、婚約者を太守の元から連れ出す計画を立てた。

その一方で婚約者の少女も、太守からの求婚を拒絶し、暴力を振るうと脅されても死すら恐れないという姿勢を見せる。

その後、青年は婚約者を助け出し共に逃げることに成功したが、太守の家来たちによって捕まってしまうのだ。

しかし二人の愛の強さ、そして離れることの悲嘆を聞いた太守は改心し、釈放する。

そうして二人は祖国へ戻り、愛を誓う——

桜綾が語ったのは、そんな恋物語だった。

舞台となった場所は黎暉大国とはまた違った国だが、同じように後宮がある。ただ大枠は同じなので、黎暉大国風に調整はしやすいのだ。

また短いながらもしっかりまとめられた話なので、この短期間で練習をするならこれだろう、と内儀司、麗月《れいげつ》、桜綾、鈴春《りんしゅん》、静華で決めたらしい。

優蘭としては麗月が自ら進んで行動を起こしてくれたことが大変意外だったのだが、どうやら彼女は柊雪州《しゅうせつしゅう》と隣接する友好国・珠麻王国《じゅまおうこく》を経由して、大なり小なり杏津帝国の内情を知っていたらしい。

確かに珠麻王国と杏津帝国は、黎暉大国ほど仲が冷え切っていない。交易も適度に行なっているはずだ。なのでそういった情報が少しでも手に入るのならありがたい。

また、演劇に関しても少しかじったことがあるので、演出面でも手伝ってくれるとのことだった。

過去を滅多に覗《のぞ》かせない麗月が進んで参加してくれたことは、意義のあることだ。少なくともここに来たときよりも、心を開いてくれている証拠だから。

そう思って思わず笑みを浮かべていると、ちょうど桜綾の説明が終わったらしい。彼女が「あらすじとしては、このような感じです」と締めくくっているところだった。

「何より、太守が二人の愛を認め、釈放する点が、黎暉大国風に脚色した際に代わりとなる皇帝陛下のお心の広さを表す材料になるのではないかな、と思いまして……」

桜綾が恐る恐る、といった口調でそう付け加えると、静華が「さすが、我が派閥の妃だわ！　いい題材を選んだものね！」と我が事のように喜ぶ。

すると桜綾は頰を真っ赤に染めながらも、嬉しそうにしていた。未《いま》だに褒められ慣れていないようだが、どうやら着実に馴染んできているらしい。

役の発表もされたが、主役となる青年を静華、婚約者を鈴春が演じる形だ。

そこから妃嬪《ひひん》たちの間で楽しそうに打ち合わせが始まるのを見て、優蘭はようやく肩の力を抜いた。

「心配していたけれど、なんとかなりそうね……」

「何を心配していたんだ？」

「あ……郭夫人」

そう声をかけてきたのは、優蘭と同じように壁にもたれかかる紅儷だった。一体いつあの輪の中から抜け出してきたのだろう。まったく気づかなかった。

するとと、紅儷は少し寂しそうな顔をする。

「……以前のように名前で呼んではくれないのか？」

「うっ……ですがその……敵対派閥の妻同士ですし……」

「皆、演劇のほうに夢中で誰も見ていないさ。それに、見られたところで何を話しているかまでは分からない。一応、ここでは仕事仲間という関係だしな」

「……分かったわ」

そこまで言われてしまったら、優蘭としても無下にはできない。そもそも、優蘭のほうもできれば紅儷と話したいと思っていたのだ。

紅儷と二人分ほど空けた距離で壁にもたれかかりながら、優蘭はなるべく事務的に話しているかに見えるよう、紅儷の方を向かず口を開いた。

「その……今回、特別顧問を引き受けてくれてありがとう。大丈夫？　嫌な思いとかしていない？」

「ん？　問題ないさ。そもそも静華がわたしを指名したのも、その辺りに理解があると分かっていたからだろうし」

「……そうなの？　私はてっきり、国境沿いの州民たちは皆、杏津帝国を嫌っているのかと……」

紅儷は苦笑した。そして優蘭同様、真正面を見たまま肩をすくめる。

「憎んでいる面々は少なからずいるだろうが、若い世代のほうが禍根は少ないな。むしろ互いに国境沿いということもあって、多少なりとも交流はある。わたしも杏津帝国民とは幾度も話したことがあるよ」

「そうだったのね。てっきり、徳妃《とくひ》様が無理を言ったのかと思ったわ」

「ふふ。確かに周りからしてみると、犬猿の仲に見えるだろうな。でも今回の一件で帰省してみて思ったが、この外交使節団の受け入れがいいきっかけになるのではないか、と期待してる人間も多いように思えた。……皆、なんだかんだもう疲れているんだ。互いを憎み合うことに」

「そう……」

確かに憎み合うというのは、想像以上に精神力を削られる。

ただ同じくらい、許すことも難しい。だからこうしてずるずると、憎み合っているのだ。

しかし紅儷の表情を見るに、話がある程度まとまったように思う。

おそらくは、紅儷の努力の甲斐《かい》あって。

そう思った優蘭は、俯《うつむ》き眉を寄せた。

「……紅儷、大丈夫だった？　その、実家で嫌な目にあったりとかは……」

「……ああ、わたしと慶木が説得しに行った件か？　ははは、大丈夫だよ」

「そ、そう……」

「家から締め出されて、野宿したくらいだから」

「……何も大丈夫じゃないんですけど⁉」

あまりにもけろっとした顔をして言われたので、反応が遅れてしまった。

予想以上に声が大きくなってしまったので口を手で覆えば、にこにこと笑みを浮かべられる。

「いや、元から想定していたよ。だから持って行った荷物も、野宿のための天幕やら物資やらの方が多かったくらいだ」

「そ、そんなに……」

「あの頑固じじい共を説得するには、何度でも話をするしかないからね。……でも、慶木がそばにいた。だからわたしも頑張れたよ」

そう言う横顔は、とても清々《すがすが》しくて。

先日、紅儷のことを心配して悩んでいた自分が愚かに思えてきた。

優蘭は腕を組みながら呟《つぶや》いた。

「……その、ごめんなさい。私……今回、紅儷と郭将軍が説得に行くって聞いて、勝手に怒ってた」

「……ふむ、どうしてだ？」

「だってほら、紅儷前に言ってたじゃない？　郭将軍が、いつか必ず自分のことを必要としてくれる。だから、信じてるって」

「ああ、言ったな」

「うん。でも結局、紅儷を頼ることになったのが、言っちゃなんだけどこんなことで……ちょっと、悔しかったの。それ、約束と違うんじゃないかって。でも、私の思い違いだったのね。ごめんなさい」

そこまで言ってから、「私、なんでもかんでもペラペラ話しすぎじゃない……？」と優蘭は我に返った。

こんなこと、本当なら話さなくていいことなのに……！

紅儷には一度、一番つらい時期——賢妃《けんひ》毒殺未遂疑惑の際に弱音を吐いてしまったからだろうか。つい本音で話してしまう。

敵対派閥の家系、しかもその後継者の妻同士、という立場。しかもあれ以来、文も皓月経由で慶木に渡してもらうという方法でしかできない。なので最低限しかやりとりしていないのだが。

自分の口はこんなにも軽かっただろうか、と優蘭が口に手を当てて考え込んでいると、紅儷が肩を震わせながら笑った。

「その点に関しては、わたしも思うところくらいはあるよ。だけどなんだかんだ、父とは最終的に刃を交えたしな。ある意味では叶《かな》っているかもしれない」

「……あれ、話し合いとは……？」

「優蘭。この世には肉体言語、というものもあるんだよ。むしろ武人は大体そんなものだ」

あっけらかんと告げられた優蘭は、釈然としない心持ちになりながらも少しだけほっとしていた。

とりあえず、紅儷と話す機会ができただけでも儲《もう》け物よね。

そう思っていたら、紅儷が首を傾《かし》げる。

「そういえば優蘭。どうしてあなたはこんな端で、妃嬪たちのやりとりを見ているんだ？」

「うっ。そ、それは……その。『過労で倒れられては困るから、この一件に関してはわたしたちに任せてくれ』と念を押されてしまいまして……」

そう。普段ならば、こういう案件であれば優蘭が必ず介入していたのだが、妃嬪たちだけでなく麗月を含めた健美省《けんびしょう》の面々にまで「もうちょっとこちらに仕事を割り振ってくれ」と言われてしまったのだ。

なので監督という形で周囲の様子を見回りこそするものの、優蘭への負担はだいぶ軽減されていた。

もちろん、それを差し引いても山のような仕事が残ってはいるのだが。

そう言うと、紅麗はくすくすと声を上げて笑った。

「周りが随分過保護になっているじゃないか。そんな働き方をしているのか？」

「うーん、どうかしら。午後からまた宮廷の方に行って、江尚書《こうしょうしょ》と徐《じょ》尚書との打ち合わせがあるけれど。というより、ほぼ毎日何かしらの打ち合わせをしているような……」

「……なるほど。周りが過保護になるわけだ」

「そんなに……？」

「そんなにだよ」

そこまで言われたら、確かにそんなになのかもなぁと思う。が、内心「これ、上手《うま》くいけば結構な儲けになるのでは……？」と思ったりして割と頭の中がちゃりんちゃりんしてもいるので、ただの献身とも言いがたかった。なので周りの気遣いが少しこそばゆい。

でも……私が色々あれやこれや気にしなくても、周りがこうして動いてくれるのは、なんだかいいと思うわ。

少し前は子どもが巣立っていくような寂しさに駆られていたが、今はそれよりも喜びのほうが強かった。

おそらくそれは、牡丹《ぼたん》祭の後、皓月と二度目の婚姻を結んだ際、考えていたことが実現可能なのではないかと感じたからだろう。

私が後宮からいなくなっても、そう簡単に覆らない地盤。それが、今回の避暑地行きでできそうな気がするわ。

もちろん、気になる点はある。

藍珠だ。

今は妃嬪たちの輪の中に静かに入っているが、彼女は紅麗の姿を見たとき、いつになく動揺していたのだ。

あまり感情を大きく揺れ動かさない妃なので、ほぼ間違いなく菊理州《きくりしゅう》の辺境に関係しているのだろう。

また慶木に調べてもらったところ、『邱』という姓を持つ村の一族が菊理州の国境沿いに住んでいることまでは判明した。なので、その辺りが出身地の可能性が高い。

そこからどういった経緯で、隣の州である柊雪州の辺境に辿《たど》り着《つ》いたのかは定かではないが、追う意味はあるだろう。

こそこそ調べるのは秘密を暴く行為だから気が咎《とが》めるけれど……充媛《じゅうえん》様が急に避暑地行きを希望した理由にも繋《つな》がる気がする。

これが優蘭の勘違いで、ただの杞憂《きゆう》に終わればいいのだ。しかしどうにも気になる。

そういう感覚は大事にしなさいと、優蘭は幼少期から母親に言われてきた。

実際、それを感じたときは大抵、その後に大きな問題が起きる。

今回はより多くの妃嬪が関わるし、また戦争の直接的な火種にもなる可能性を秘めている。だから、事が大きくなる前に消化できる材料が欲しかった。

それが、後宮の妃嬪《ひひん》たちを守る役目を与えられた優蘭の、最重要職務なのだから。

＊

そんなふうに警戒しながらも日々は過ぎ、とうとう後宮に残っていた妃嬪たちも含めて、避暑地へ行く日がやってきた。

今回は今までの祭事以上に参加する人員が多いため、二つに分かれて日程をずらし移動する。

優蘭を含めた一部の健美省の面々は、皇帝とその側近たち、四夫人と寵妃《ちょうひ》たちと一緒に後半の部で移動することになっていた。

前半の部の妃嬪と官吏たちは、既にこの場から去っている。そのため、後宮はいつになくひっそりしていて、今まであんなにも騒がしかったのが嘘《うそ》のようだった。

特別顧問である紅儷も、今回の行き先が菊理州ということもあり、同行してくれる。

今日の彼女は、男装をしていた。長い髪を高い位置で一括《くく》りにし、武官が着ている衣と同じものを身にまとっているのだが、そこらへんの殿方よりも凜々《りり》しく見えて周囲からの視線を一身に受けている。しかも、男女問わず、だ。

その姿で馬に乗って護衛までしてくれるというのだから、皓月のことを心から愛している優蘭でさえ色々な意味でときめいてしまう。

肝心の紅儷の夫こと郭慶木も一行にいたが、いつも以上に目つきが悪く紅儷に見惚《みと》れていた武官たちに鋭く指示を飛ばしていたので、「あれ、多分嫉妬してるわね……」と優蘭はちょっぴり同情する。もちろん、ちょっぴりだ。

正直言って、これを機にもっと自身の妻を大事にしろと言いたい。それこそ、皓月のように。

なんて考えていたからだろうか。近くにいた皓月とばっちり目が合い、微笑《ほほえ》まれてしまった。

その顔があまりにも美しくて、優蘭はごほっと喉を詰まらせかける。

いきなりは、心臓に……心臓に悪いわ……。

周りも骨抜きになってしまうので、その顔はやめたほうがいいと思う。そう思いながら、優蘭はこっそり手を振ってそれに応えたのだった。

それはさておき、都はもうだいぶ暑い。熱気がすごく、優蘭は「この地獄のような暑さから抜け出せるなら、もうなんでもいいわね……」と少しだけ思った。

そんな投げやりな精神の中でも、最終確認は怠らない。

特に様子が気になっていた藍珠だが、これといった文句を言うわけでもなくいつも通り無言を貫いていた。

しかしその顔色がだいぶ青く、優蘭は内心大丈夫か心配になる。元から線が細い妃嬪なので、今にも風に飛ばされてしまいそうだった。

「……麗月」

「はい、なんでしょうか。優蘭様」

「充媛様のこと、気にかけてくれるかしら。顔色が悪いようだから」

「……分かりました。休憩時にもしっかり見ておきます」

「お願い」

麗月は、藍珠が赤髪を隠していることを知っている。彼女に関することを任せるのであれば、麗月が適任だろう。優蘭だけでは、いざ何かあったときに対処しきれない可能性が高いから。

今回ばかりは皓月と麗月を入れ替えることもできない。皓月が担当している案件のほうが圧倒的に優先度が高く、彼はそちらにかかりきりだからだ。なのでまだ何も問題が起きていない妃嬪のために、優秀な人材は割けない。

もちろん、優蘭が気にしているのは藍珠だけではない。正直言って、鈴春と静華のことも心配だった。

確かにお二人が、今回の歓迎会における中心人物なのだけれど……少し、気負いすぎている気がする。

他の四夫人がいないということもあり、二人はより「自分たちが頑張らなくては」となり気合を入れて練習に励んでいた。その熱気はかなりのもので、応援する心とは裏腹に肩の力をもう少し抜いたら、とも思ってしまった。

しかしそれとなく伝えても、鈴春は「もう少しだけですから」と言い、静華に至っては火に油を注ぐ形でさらに練習量を増やしてしまったので、対処の仕方がいつも以上に難しい。

……まあでも、心配事の八割は杞憂に終わるというし。

なんともないわよね、と自分に言い聞かせるように、優蘭は馬車に乗り込む。

そんな一行は、道中で予期せぬ事態に遭遇することになった。


それが起きたのは、進行速度としてはちょうど半ば。都が置かれている天華州《てんかしゅう》と菊理州の国境を越えた山中でだった。

――バンバンバンッ!!

山の中に似つかわしくない、けたたましい音が響いたのだ。

馬車の中で資料と睨《にら》めっこをしていた優蘭は、持っていた木簡の巻物を勢い良く落としてしまった。

音に驚いた馬たちが怯《おび》えて鳴き声を上げ、それを乗り手や従者が宥《なだ》めている声があちこちから聞こえる。悲鳴も上がった。

幸いというべきか、優蘭が乗っていた馬車よりも後方から騒音が響いたため、こちらは特に問題なさそうだった。

だが後ろから、少し間を空けて女性のものらしき悲鳴が聞こえる。

優蘭は慌てて窓から顔を出した。瞬間、横から声が聞こえる。

紅儷だった。

「後ろで何か起きたらしい。わたしが見てくるから、優蘭はそのまま乗っていてくれ」

「わ、分かったわ」

馬を駆り、颯爽《さっそう》と後方へ走っていく姿を見ながら、今すぐ見に行きたい気持ちをぐっと堪えた。

こういうとき、馬車にいる人間が外に出るほうが危険だということを、優蘭はよく知っている。もし敵襲だった場合、守ってくれる武官たちの足手まといになる可能性が高いからだ。

頼りになる武官たちが多くいるのだから、今はひとまず彼らに任せよう。どちらにせよ問題が起きた以上、進行は停止するのだし。

そう思い、窓を閉めて報告を待っていると、コンコンと窓を叩《たた》かれた。

「優蘭」

「紅儷」

窓を開けば、渋い顔をした紅儷がいる。

「どうしたの」

「……静華が乗っていた馬車が、脱輪したようだ」

「え。それ、は、大丈夫なのっ？」

「ひとまずは」

そう前置きをしてから、紅儷は簡単に状況を説明してくれた。

どうやら、先ほどの大きな音は爆竹によるものだったらしい。

ちょうど静華が乗っていた馬車があった辺りで鳴り、それに驚いた馬が馬車の車輪を後ろ足で蹴り飛ばしてしまったようだ。

乗っていた静華とその侍女たちに、怪我《けが》はなかったらしい。ただ車輪がそのまま転がり落ちてしまったことから、進むには少し調整が必要になるとのことだった。

「爆竹は、ここ最近頻出している盗賊によるものだろう」

「え。じゃあ敵襲……？」

「いや、それは武官たちが確認してくれたが、なさそうだ。通行人を驚かせて奇襲をかけることもあるが、ここは自分たちの縄張りだと脅す意味で爆竹を鳴らす輩《やから》もいる。今回は後者のようだな」

「そ、そう……良かったのか悪かったのか……」

悪いことではあるが、最悪の事態は免れた、と言うべきだろう。

とにかく、怪我人《けがにん》がいなかったのは幸いだ。

――そんな小さな事件が起きて進行が遅れたものの、一行はそれから二日かけて、ほぼ予定通り緑韻宮に辿り着いた。

緑韻宮はその名の通り、緑溢《あふ》れる豊かな離宮だった。

石垣には鉄仙の緑の蔦《つた》が絡まり、六枚の白い花弁を花開かせている。

庭にはたくさんの木々が生い茂り、風が吹くたびにさらさらと音を立て心地《ここち》好い。木漏れ日がきらめいていて、それがまるで宝石のようだった。

池もあり、そこには蓮《はす》が咲いていた。到着したのが予定の昼前ではなく夕方近くになってしまったので、花の大半が口を閉ざしていたが、きっと朝になればまた透き通るような香りとともに美しく咲く姿を見せてくれるだろう。

どうやらここの庭は夏の間に咲く様々な草花のことを考えて、庭造りをしているらしい。なので庭園を回ってみたらまた別の楽しさがあるかもしれない。

宮殿のほうも木の風合《い》いを活かした飾らない形で、自然と調和している。

どことなく和宮皇国の建築様式を使っているように見えるのは、やはりここにあるのが温泉だからなのだろうか。

柔らかく吹く風が乾いていて、どことなく冷たくて、気持ちが良《い》い。場所が変わるだけでこうも気候が変わるとは、改めて見ると驚きだなと優蘭は思った。

妃嬪たちも、避暑地の涼しさに目を細めて喜んでいる。その顔を見るだけで、ここに来た甲斐《かい》があるというものだ。

きっと皇帝も、妃嬪たちのこの顔が見たくて計画を立てたのでしょうね。

何より自身の妃嬪を愛する人だ。夏の暑さをどうにかしたいという気持ちは常々あっただろう。そういう部分は本当に尊敬しているので、ふと「外交使節団がやってこなければ、こんなに諸々《もろもろ》の準備も増えなかったのに」と考える。

今まで波乱続きだった後宮にやっと平穏が訪れたのだから、これ以上面倒ごとを持ち込まないでほしい。

そう思いながら、優蘭は宮殿で休む妃嬪たちの姿を横目に、自分のやるべきことをしようと仕事を始めた。

このときの選択を、優蘭は心の底から後悔することになる。

――何故《なぜ》私は、妃嬪たちの様子を一番に気にかけなかったのだろうか。

＊

最初に問題が起きたのは、緑韻宮に到着した翌日。杏津帝国の外交使節団が来訪する、前々日のことだった。

優蘭の元に、二つの報《しら》せが飛び込んできたのだ。

一つ目は、鈴春が熱を出したことだった。


早朝。

「……失礼します、優蘭です」

そう声をかけて入室の許可をもらってから、優蘭は音を立てないよう細心の注意を払って扉を開けた。

部屋の中では侍女たちがいて、体調を崩した自身の主人のために水を運んできたり、部屋の掃除をしたり、空気の入れ替えをしたりとせっせと働いている。

肝心の鈴春は、妖精のように儚《はかな》い顔を真っ赤にして、浅い呼吸を繰り返していた。

侍女頭が汗を拭ったり、濡《ぬ》らした布を額に置いたり、と甲斐甲斐《かいがい》しく世話を焼いているが、苦しそうだ。

そっとそばに近寄れば、潤んだ青い瞳がこちらを弱々しく見つめてきた。

「ゆ、らん……」

「淑妃様、どうかそのままで」

起き上がろうとする鈴春を制して、優蘭はそっと彼女の手に薫衣草《くんいそう》の香り袋を握らせた。

鈴春の故郷がある清蓮州《せいれんしゅう》のとなり、舞梨栄公国《ぶりえこうこく》で馴染《なじ》み深い花だ。優蘭が後宮に来て間もない頃、鈴春に贈ったのと同じものだ。

「風邪の際は心細いかと思いまして、持ってきました。色々用意しておいて損はありませんね」

そう微笑《ほほえ》むと、鈴春は香り袋を胸元でぎゅっと握り締める。

「あり、がとう……」

そう言う表情が少しだけ和らいだように見えたが、やはり苦しそうだった。

医官の話によると夏風邪とのことなので、数日きちんと療養していれば治るだろう。

ただ。

明後日《あさって》は、杏津帝国の外交使節団がくるわ。

歓迎会での演劇もそうだが、それ以上に四夫人の一人が場にいないことのほうが体裁が悪い。たったそれだけのことが相手の気に障れば、一触即発の事態になることもある。

きっと皇帝は気にせず休めと言うだろうが、鈴春のほうが気にしてしまう。彼女は後宮にきた当初から、皇帝に迷惑をかけるのを嫌がっていたから。

二日もあれば体調も少しはましになると思うが、演劇を行なうのは無理だろう。

ただ、今は淑妃様自身の気持ちを聞けない。そんなことを言えるような状況ではないからだ。

現に、優蘭と話したことで疲れてしまったらしい鈴春は、気絶するように眠ってしまった。額には大粒の汗が浮き出ていて、ひどく痛ましい。

悔しい思いが込み上げてきたが、相手は病だ。優蘭にはどうすることもできない。

なので歯がゆい思いをしながらも、その場を後にしたのだが。

――問題は、これだけにとどまらなかった。

それが二つ目。

その日の午後、演劇の配役をどうするか話し合おうと妃嬪《ひひん》たちを集めたときに判明した。

静華が、足を捻挫していたのだ。

緑韻宮南部にある個室にて。

今回歓迎会に参加する面々が、沈痛な面持ちで席についていた。

その中でも一番顔色が悪いのが、徳妃・郭静華である。

彼女は体をぶるぶると震わせながら、声を絞り出した。

「……わたし、やれるわ」

「爽《しょう》は黙ってなさい。……これくらいの怪我、なんてことないんだから」

「……静華様、ですが……」

そういう静華の右足首には、包帯がぐるぐるに巻かれている。

左足首と比べると明らかに太くなっているところを見るに、軽傷とは言いがたい。

何故そんな怪我をしたのか。それは、緑韻宮にくる前に起きた爆竹騒動のせいだ。

馬車の車輪が外れたことで、中にいた静華が体勢を崩し、足を捻《ひね》ったのだ。侍女を庇《かば》ったことも、怪我の悪化の一因だろうとのこと。

しかしぱっと見大した怪我ではなかったのでそのままにしていたら、今日になってここまで腫れてしまったらしい。すぐに医官に言って処置をさせたが、演劇ができるような状態ではないとはっきり言われてしまった。

だが、静華はそれでもやると言って聞かない。

「わたしは踊れる。だってそのために、今までこれだけ練習を重ねてきたんだもの……足が折れてもやるわ！」

「……徳妃様、それは……」

「珀優蘭、あなたも黙ってなさい！　なんと言われようと、わたしはやるのッ！」

声を張り上げてそう主張する静華に、その場にいた全員が沈黙する。それは、周囲もできることならば静華にやって欲しいという気持ちがあったからだ。

なんせ、今回静華がやる役柄には、剣舞がある。剣舞は誰にでもできる踊りではない。

通常の舞踊とはまた違った癖がある。

その上、主役二人共が配役し直しとなると、演劇の成功率が極端に下がってしまうのだ。

特に今回は急遽《きゅうきょ》やることにした演劇だから、代役をきちんと用意してない……。

内儀司の人間ならできるか。しかし妃嬪《ひひん》を主役に据えないのは対外的に見てどうなのか。

そんなことよりも妃嬪方の体調のほうが圧倒的に大事なのに——

色々な思考が混ざり合い、優蘭の中に焦りが生まれていく。

「——郭徳妃様。客観的に見て、やはり難しいかと」

痛いくらいの緊張感で満ち満ちた場にそんな一石を投じたのは、なんと麗月だった。

彼女は一歩前に出て、さらに言葉を重ねる。

「怪我というものを、あまり甘く見ない方が良いです。今はただの捻挫ですが、演劇を行なった際に悪化して、最悪立てなくなる可能性もあります」

「そんなこと、分かって！」

「いいえ、分かっておりません。演劇を行なうのは今回限りですが、郭徳妃様にはこれからの生活があるのですよ？　それに、演劇が終われば郭徳妃様は宴《うたげ》の席に出なければなりません。悪化した足で、乗り越えられますか？」

「そんなもの、わたしが我慢すればどうとでもなるわ！」

なおも食い下がる静華に、麗月は珍しくため息をついた。そして底冷えするような目で静華を見る。

「ならば、今のわたしよりも上手に踊って見せてください」

「何言って、⁉」

そう言うや否や、麗月は人のいない場所に移動して、構えた。

――とんっ。

軽い挙動と共に踊り出した麗月を見て、その場にいた誰もが目を見張った。

ひどく、美しかったからだ。

手には何も携えていないはずなのに、そこには確かに剣が握られていて。そして見えないはずの敵役がいる。

相手がいることを前提にした場当たりのような一人舞は、静華がやるはずだった主人公の青年の動きをしっかりと再現していて、本当に見事だった。

麗月に、こんな特技があっただなんて……。

自分のことをあまり話したがらないので、まったく知らなかった。どちらかといえば体を動かす方が好きなのだろうな、ということくらいは分かっていたが、こんなにも慣れた動きをするとは思うまい。

優蘭の目から見ても、麗月の腕前は経験者のそれだった。

少しかじったことがあるって言ってたけど……もっとちゃんと教わっているはず。

それは、優蘭でなくとも分かるだろう。そして麗月が敢《あ》えてそれが分かるくらいの踊りを見せたのは、周囲からの反対を黙殺するためだ。

それが、最善だから。

そして静華も、麗月の姿に釘付《くぎづ》けになっている。

握り締めた拳がぶるぶると震え、静華の言葉にできない思いを表面化していた。

切りの良いところまで踊り終えた麗月は、すっと姿勢を正すと静華を見据える。

「……今の郭徳妃様に、これほどの舞が踊れますか？」

「ッ！　それ、は……っ」

「できないでしょう？　ならばわたしにこの役目を任せて、どうかご自愛ください。……あなた様は演じ手である前に、陛下がご寵愛《ちょうあい》されている妃嬪の一人なのですから」

瞬間、静華が大粒の涙をこぼし、声を殺して泣き始めた。

その顔はいつになく悔しそうで、でも麗月の言うことを痛いくらい理解していて、優蘭は思わず口を一文字に引き結ぶ。

となりにいた爽が慰めていたが、麗月は決して宥《なだ》めにいかなかった。それどころか背を向けて、部屋の隅で直立する。

それが、二人の答えだ。

込み上げてくる様々な感情を胸の奥にぐっとしまいながら、優蘭は深く息を吸った。

「……ひとまず、徳妃様の代わりは麗月が務めます」

異論がないか、などという愚問は省略した。静華が否定しなかった以上、そんなものあるわけがないからだ。

だがしかし、鈴春の代わりもなんとかしなければならない。

そう考え口を開いたとき、部屋の扉が開いた。

——そこにいたのは、鈴春だった。

侍女たちに体を支えてもらいながら入室した彼女は、未《いま》だに赤い顔をしてふうふう、と肩で息をしている。

鈴春の寝室からこの部屋までそう遠くないのにこれなので、今も相当つらいのだろう。

「淑妃様……!? 何故《なぜ》こちらにッ」

「なぜって……わたしにも、関係あること、だからです。……わたしの代わり、決めているのですよね？」

絞り出すようにそう言われ、優蘭は喉を詰まらせる。しかしここで嘘《うそ》をつくのは得策ではないと思い、一つ頷《うなず》いた。

それを聞いた鈴春は、静華のように無理を言うのでもなく。泣いて喚《わめ》くのでもなく。ただ一心に、ある人物の元へ進む。

そこにいたのは、藍珠だった。

「邱充媛。ならばわたしは、あなたに、お願いしたいです」

「……え、わたしに、なんで……」

「……あなたの踊りが、見事だからです」

侍女たちの手を撥《は》ね除《の》け、自らの力で藍珠の眼前に立ちながら、わたしが知らないとでも思いました？　と、鈴春は笑う。

「あなたは、目立たないようにしていましたけれ、ど……とても、踊りがお上手ですよね。それも、わたしより、ずっと」

「それ、は」

「そして、陛下の寵妃《ちょうひ》でもある。……主役は、妃嬪の中でも目立つ人がやるのが、絶対にいいです。陛下を、守る意味でも」

そう告げた鈴春がしがしりと、藍珠の両肩を摑《つか》む。

今にも倒れてしまいそうだった。

しかし藍珠を見つめる瞳だけは燃えるように輝いていて、熱を帯びている。青空のように澄み切った碧眼《へきがん》が、藍珠の藍色の瞳を正確に射貫いた。

「だから、お願い、です。陛下の、ために……わたしの代わりを、演じてください」

その声はひどく真摯で真剣で。まるで、研ぎ澄まされた刃のようだと思った。

出会った頃は、あんなにも直《す》ぐに折れてしまいそうだったのに。今だって、頬を赤くして、息を浅くし、目を潤ませて、額から伝い落ちるほどの汗をかいているのに。こんなにも儚《はかな》く消えてしまいそうなくらい、病に苦しんでいるというのに。

思わず震えるくらい、美しい。

──ただひたすらに美しい女性が、そこにいた。

その視線に圧倒されたのか、藍珠は目を左右に泳がせた後、こくりと頷く。

それを確認した優蘭は、ぎゅっと目を瞑《つむ》った。

この選択が正しいのかどうかは、誰にも分からない。

けれど。だからこそ。今考えうる限りの最善を尽くす。それが優蘭が取るべき行動だ。

彼女たちに未来を託し、信じる。

そう、心に決めた。

「では、この配役で改めて、場当たりをしましょう。……皆様、宜《よろ》しいですね？」

『はい！』

──ちゃりーん。

優蘭の奮い立つ心を後押しするかのように。

いつもの音が、聞こえた。

第四章　妻、新たな課題について考える

突然降って湧いた、演劇の主役という大役。

正直言って、藍珠《らんじゅ》はそれを断ろうとした。目立つことは避けたいし、何より杏津帝国《あんつていこく》の外交使節団には〝彼女〟がいるかもしれないからだ。

だから演劇自体には参加せず、ひっそりとやり過ごすつもりだった。

なのに。

『邱充媛《きゅうじゅうえん》。ならばわたしは、あなたに、お願いしたいです』

透き通るような空を映したその瞳に、藍珠は言葉を紡げなくなってしまった。

汗みずくで、息も上がり、頬も真っ赤でひどくつらそうなのに。彼女の瞳だけは煌々《こうこう》と輝いて見えた。

今まで見たどんな宝石よりも、どんな女性よりも。美しいと思ってしまった。

その在り方に。その、純真さに。

〝彼女〟と同じ瞳の色だから、淑妃《しゅくひ》のことは苦手なほうだったのに。だけれど、いざ対面して見ると全然違った。

淑妃には、〝彼女〟などよりもよっぽど強く凛々《りり》しく生気がある。その白さに、心惹《ひ》かれる。

それは〝彼女〟の持つあの、踏み込めば泥に足を取られそうな。いっそのこと禍々《まがまが》しささえ覚えるぎらついた瞳とは、まったく違う。

そしてそのことに今ようやく気づいたことが、藍珠の心を打ちのめした。

――だってそれに気づけば、上辺ばかりで、他人の本質を見ようともせず心を閉ざし続けていた自身の愚かしさを認めなければならないから。

だから本当は、美しい婚約者の役目などできないと言うつもりだった。自分にはそんな愛嬌《あいきょう》はないし身長も高いから、無理だと。

そんな印象、演じ方次第でどうとでもできるのに。やらないと言おうとした。

しかし。

『だから、お願い、です。陛下の、ために……わたしの代わりを、演じてください』

陛下の、ため。

陛下のために、と懇願されたことが、藍珠の心に深く深く突き刺さる。

――わたしは果たして、今まで陛下のために何かしようと思ったことがあっただろうか。

むしろ、いつも逃げてばかりだ。それを許容し、受容し、包み込んでくれるからこそ、藍珠は皇帝のそばにいてやっと息ができた。

『美しい、余の茉莉花《まつりか》。こちらへおいで』

この世で一番疎ましい名前を呼ばないでくれる彼に、身を許した。

むしろ、その愛称で呼ばれることが何より嬉《うれ》しかった。藍珠にとっての宝物だった。だから極力何も望まないようにしていた中、唯一茉莉花の咲く庭園を皇帝に望んだのだ。

多くは望まない。ただ可愛《かわい》がられる、愛《め》でられる。そういう女を演じる。何も言わぬ花園の花として、ただ咲くだけ。

欲を出せば、藍珠のような平民は後宮では生きられない。なんせ後ろ盾もなければ、特別な力もないのだから。

そしてそれも、妃嬪《ひひん》としての一つの在り方だろう。少なくとも、この花園では皇帝が決めたことが規則だ。皇帝が藍珠の存在を許している以上、このままの生き方でも構わないはず。

しかし淑妃の言葉を聞いて初めて、藍珠は己に欲があったことに気づいた。

――陛下のために、何かしたい。

――そしてわたしも一緒に、この花園を守りたい。

何より、過去から抜け出したかったくせに過去に囚《とら》われ続けている事実が、ひどく厭《いと》わしかった。

変わりたい、などと思ったのは、一体いつぶりなのだろう。否、そもそも、他人のために変わりたいと思ったことがない。

だって生きていくために、必死だったから。

生きていくためには、自分のことしか考えないほうが楽だから。

いや、でも一時期は、誰かのためになにかできたら、と思ったこともあったかもしれない。

それは、きっと。

——わたしの、母親。

思い出の中の母は、優しかった。実際、途中までは本当に優しい母親だったのだ。藍珠のことを愛してくれて、この瞳が父親似なのだと話してくれた。

父親との思い出を、何度も何度も、幸福そうに語って。藍珠の存在を宝物のように思ってくれていた。慈しんでくれた。

藍珠が唯一形見として持っている藍玉がはめ込まれた金の指輪も、父からもらったものらしい。元々は父の私物であったこの指輪には小さな仕掛けがあり、藍玉がはめ込まれた台座部分を回すと、不思議な文様のようなものが出てくる。

それが、母にとってのよすがだった。

でも、それも壊れる。

父親が一向に迎えに来てくれないこと、そして自分との関係は結局遊びだったのだということを悟った母は、だんだんと壊れていった。

母が暴力を振るってくることよりも、母が壊れていくことのほうがつらかった。

だから、記憶に蓋をした。

指輪だけは捨てられなくて今も肌身離さず持っているが、小さな袋に入れた上で首にかけ、隠すようにしていた。見ていると記憶が蘇《よみがえ》りつらかったが、同時にどうしようもなく手放せなかったのだ。

そのはずなのに。

でも今はそれを思い出して、別の感情が胸の中で熱く渦巻いている。

誰かのために踊りたい。唯一、自信をもって得意だと言える演技をしたい。

こんな、生きるためだけに身につけた技術が、誰かのためになるのなら——

これほど幸福なことは、ないのではないだろうか。

そう思った向こう側で、母が笑っているような気がした。

＊

夜もすっかり更けた刻限。

緑韻宮《りょくいんきゅう》、南東の区画——皇帝と忠臣たちにあてがわれた場所——の珀皓月《はくこうげつ》の寝室にて。

優蘭《ゆうらん》は寝台で皓月と横並びになり、妃嬪たちの事情を包み隠さず全て説明した。

庭から武官の見回りを避けて部屋に向かったのは、妃嬪たちの不調をあまり知られたくなかったからだ。奇跡的に見つからなかったのは幸いだったが、皓月には驚かれたし少し叱られてしまった。

「宦官《かんがん》に前もって言伝《ことづて》を残しておいてくれれば、こんなところから入らなくても済むように調整しましたのに……」

「す、すみません……実を言うと今の今まで演劇の最終調整をしていまして、それを考えるだけの余裕がなかったのです」

皓月に伝えるより先に走ったのは、今回演劇に参加しない二人の四夫人、紫薔《ししょう》と明貴《めいき》のところだった。

いつまでも二人に黙っていることは不可能だったし、何より歓迎会の席にのみひとまず着くことになっている鈴春《りんしゅん》と静華《じょうか》の様子を一番確認できるのは、二人だ。何かあったら手助けをしてもらいたいと頭を下げた。

それからも各所を回って事情を説明した上で、表に出さないよう注意喚起を入れた。

その後バタバタと演劇の場当たりを見に行ったり、衣装の選び直しをしていたりしたら、気づけば日が暮れていた、というわけだ。

優蘭ももう少し、うまく他人を使えるようにならなければならないと反省する。

正直言って、皓月がこうして起きていることそのものが奇跡だったと思う。起きていなければ、優蘭はいずれ武官に見つかり、こんな大切なときに夫に会いに来ようとするふしだらな妻、というように扱われてしまっただろうから。

しかし皓月に全て話したことで、優蘭の精神状態もだいぶ落ち着いた。

無意識のうちに詰まっていた息を吐き出した優蘭は、笑みを浮かべて口を開く。

「とりあえず、皓月に全て話したので、陛下を含めた方々へのご説明は、お任せしてもいいですか？」

「それはもちろん」

「そうですか、よかった……じゃあ、私は戻ります。まだ、やるべきことがあるので……」

そう言って立ち上がろうとしたら、とん、と肩を押された。

え、と呆気《あっけ》に取られていたら、気づけば皓月の顔がすぐ近くにある。そのとき、優蘭はようやく自身が寝台の上に押し倒されたのだということに気づいた。

「ここ、こ、皓月っ!?」

声をできる限りひそめて叫んだが、肝心の皓月はどこ吹く風だ。むしろよりいっそう笑みを深めて、優蘭の頬に指を添えてくる。

「ああ、あ、の、皓月……？」

「優蘭。今、自分がどんな顔をしているのか知ってますか？」

「……えぇーっと……どんな顔でしょう……？」

「ひどく疲れた顔をしています。目の下にも隈《くま》がありますし」

「え」

皓月に目元をそっと触れられ、優蘭はさーっと顔を青くした。

「そんなにひどいですか……っ？」

「はい。今日、食事は取りましたか？」

「……えっと……」

「最近、眠れていますか？」

「……あのぉ……」

「……はい、全て分かりました。だめですね。ここから出すわけにはいかなくなりました」

「ええっ⁉　こ、困ります、まだ、やることが……っ」

すると皓月が、すっと優蘭の唇に指を当てた。どきりと心臓が跳ね、顔が赤くなる。そんな優蘭に、皓月は諭すように言う。

「優蘭。それは本当に、必ず、やらなければならないことですか？」

「え……」

「今回の件の埋め合わせをするために、仕事が増えていませんか？　これからやろうとしている仕事は、優蘭の睡眠時間を削っても必要ですか？」

そこまで言われて、優蘭は喉を詰まらせた。

正直言ったら……多分、必要ないわ。

皓月の言うとおり、優蘭がやろうとしているのは埋め合わせの仕事だ。これ以上被害が増えないようにするための、言わば先回り。もしもを考えての準備。なので、本来なら必要なかったものだ。

そしてこれからやろうとしていることは、そのもしものもしも、ということで、皓月の言うとおり、必要ないであろう。

それでもやろうとしたのは。

……心のどこかに、申し訳ないという気持ちがあるから。

「……でも、私がもっとしっかりしていたらって、思ったんです。実際、お二人がかなり頑張られているのを見て、不安がなかったわけじゃないですから」

そう、一抹の不安はあった。

そのときに、優蘭が二人にもっと強く言っていれば、この事態は防げたかもしれない。

そう呟《つぶや》けば、皓月が優しく頭を撫《な》でてくれた。

「なるほど。優蘭は、職務放棄をしてしまった、と思っているんですね」

「うっ……そう、です。実際、私たち健美省《けんびしょう》の仕事は、妃嬪方《ひひんがた》の美と健康維持ですし……」

「それを言うなら、そもそもの原因は外交使節団が訪問してくることでしょう。そして、妃嬪方の避暑地を接待場所に選んだ江尚書《こうしょうしょ》、それが最適だと決定を下した我々が、一番悪いです。そこは違えてはいけませんよ？」

「……そうです、が……」

……いや、言われてみたら確かにそうね？

そこまで言われて、優蘭はなるほど、と思った。確かに優蘭だけが妃嬪たちに負担をかけたわけではない。

優蘭がそこで納得したことを察した皓月は、彼女の顔を覗《のぞ》き込んだ。

「そうでしょう？　ならば、優蘭の負担は我々官吏も背負うべきです。それに、優蘭も歓迎会に参加するんですよ？　顔色が悪い女官を見たら、向こうがそれを隙だと思って何か仕掛けてくるかもしれません」

「確かに……」

ぐうの音も出ない。というより、そんなにひどいならば化粧でも誤魔化せないかもしれない。

皓月に諭され、自分がかなりぎりぎりの状態だったことを実感して、優蘭はばつが悪くなった。そのため顔を手で覆っていると、皓月がするりと髪を一房持ち、くるくると指に絡めた。

「だから優蘭は、寝てください。そしてやりたかったこと、言ってください。明日の夜の歓迎会までになんとかしますから」

「……いえ、皓月も忙しいですし……やめときます」

「そうですか？　なら、寝てくださいね」

「……え、ここで？」

「はい。ここで、です」

いや、笑顔でぐいぐい押してきますけど、私がここにいて困るのは皓月もですが……？

いくら夫婦とはいえ、ここは職場のようなものだ。そこで互いが寝室にいたとなれば、いかがわしいことをしていたことになる。そういうよくない評価を、皓月に受けてほしくはない。

そう思ったのに、そっと目元に手を当てられると視界が暗くなって、一気に眠気がやってきた。

というより、元から眠気はあったのだ。それを、なんとか気合で耐えていただけで。

しかも馬車での移動中は当たり前だが一緒に寝ていなかったので、皓月の体温を感じながら眠るのは久々な感じがした。

だから温かくて、安心できて。今までの疲労もあり、すぅ、と意識が遠退《とおの》く。

「……おやすみなさい、優蘭」

意識が完全に落ちる前、皓月の優しくて少し泣きそうな声が聞こえた、気がした。

＊

あまりにも呆気なく眠りに落ちた妻の目元から手を離し、皓月はそっと彼女の髪を指で梳《す》いた。

幾分艶が落ちた黒髪は、彼女の激務を象徴している。

目の下の隈もすごかったが、顔も痩せたように思えた。寝息がさほど大きくないということもあり、ちゃんと呼吸をしているのか不安になる。

こんな状態の妻とあのまま別れることなど、できなかった。だから優蘭が疲れて思考能力が落ちているのをいいことに、このまま自身の寝台で寝かせたのだ。

それが官吏としては間違った行動なのだと分かっていながら行なったのだから、人は恋をするといくらでも愚かになれる、という言葉の意味がよく分かる。

皓月はいつだって、優蘭の前ではただの愚かな男でしかないから。

近くにいるはずなのに、あなたのことをちゃんと支えられていない自分が、すごく不甲《ふが》斐《い》ないですね……。

当たり前だが、それが歯がゆい。

それと同時に、健美省と宮廷の連絡網をもう少し綿密にしておいたほうがいいかもしれない、と思った。

それは優蘭の負担を減らす意味でも、またこれからも後宮を皇帝・劉亮《りゅうりょう》の思う通りにまとめ上げていくためにも。必要であろう。

その辺りに直接手を下せるのは劉亮だ。妃嬪《ひひん》たちの話を持ち出して指摘すれば、ほぼ確実に動いてくれる。その前に陽明《ようめい》に話を通して意見を詰めれば、完璧だろう。

優蘭の髪に口づけを落としながら、皓月は目を細めた。そこまで考えてようやく、皓月は自分もだいぶこの世界に染まってきたなと感じた。

いかにして他人を利用し、自分の利益を得るか。そしてどのような経緯を辿《たど》ってどんな形で行動すれば、相手が自分の思う通りに動いてくれるか。それが、だいぶ分かるようになってきた。

相手の思考に関しても、以前は汲《く》み取りきれずにいたが、今は何を考えているのか表情や仕草からある程度なら分かる。親しい人なら尚更《なおさら》だ。

そして、その行動の真の理由がいくら私情に寄っていたとしても、それとはまた別の理由を用意して説得力のある説明さえできれば、大抵はなんとかなる。

本音と建前。そして相手の動かし方。

昔は上手《うま》くいかなかったが今になって感覚を摑《つか》めてきているのは、陽明が戻ってきてくれたこともそうだが、それ以上に優蘭の存在が大きかった。

自分への評価が、優蘭の評価に繋《つな》がる。

自分の敵は、優蘭の敵にもなる。

ならば、相手のことはしっかり見極めて味方に引き入れるなり、攻勢に出るなり防衛に入るなりしなければならない。

優蘭が全てにおいて関わると悟ってからは、その辺りが嘘《うそ》のように円滑に進むようになった。

だから。

今こうして、疲れ切っている優蘭を見ていると、もっと色々手を打ちたくなる。

というより、今の皓月ならもっと上手く回せるだろう。

優蘭は皓月のことを思って言葉を濁していたが、彼女が考えそうなことは大抵分かる。

それくらいそばにいて、彼女の考えに触れてきたからだ。

「そうです。わたしが部屋にいなければ、優蘭がこの部屋にいることが周囲に知られてもあらぬ噂《うわさ》は立たないわけですし……動きましょうか」

唐突に思いついたことだが、割とよい案なのではないだろうか。

そう思った皓月は、優蘭の唇にひとつ口づけを落とし、名残惜しさを感じながらも立ち上がる。

今回の避暑地行きについてきていた自身の陰の護衛を優蘭につけて、彼女が起きたときに連絡するようにだけ言った。

まあ優蘭は割と規則正しく同じ時間に起きるので、目が覚める時間も大体分かりますが。なのでできれば、優蘭が目覚める前に戻って、彼女に添い寝をしたいなと思う。皓月の疲れも一掃するし、優蘭を驚かせることもできるしで一石二鳥だ。

そう考えると、少しだけ気分が上がる。

そして手早く着替えると部屋を出て、陽明の部屋に向かう。

ゆったりと、後ろ髪を引かれる気持ちを抱えて歩きながら。皓月は、左の薬指に嵌《は》めた結婚指輪に口づけを落としたのだった。

＊

杏津帝国外交使節団が無事に到着した日の夕方。

優蘭は、歓迎会を行なう中庭にいた。

演劇を行なうための舞台は南側に置かれ、その舞台の両脇に垂直になる形で、黎暉《れいき》大国《たいこく》、杏津帝国の主要人物たちが座る席が用意されている。そこから少し離れる形で、杏津帝国の外交使節団席、官吏や妃嬪たちの席が置かれていた。

中庭といっても、今回のように宴《うたげ》の席で使われることを想定して作られた場所らしく、植えられた花木はほとんどない。唯一植えられているのは茉莉花《まつりか》で、今ちょうど花を咲かせていた。そのためか、甘く魅惑的な香りが風に乗って流れてくる。

そして中庭は、夕方にもかかわらずひどく明るい。あちこちに松明《たいまつ》が置かれ、絶えず燃えているからだ。

そんな中庭の様子をぐるりと回って確認しながら、優蘭はあまりにも清々《すがすが》しい気分で仕事をしていることに、逆に違和感を覚えてしまう。

いやだって、久々に爆睡しちゃったし……。

緑韻宮に来る道中は気が張っていて眠りが浅かったし、それより前も仕事が立て込んでいて寝て気づいたら朝になっている、といった感じだった。

なのでここ最近まったく寝た気がしていなかったのだが、皓月にあやされて寝た今回はひどく穏やかな眠りで、朝もすっきり目覚めた。

何より、目覚めるのと同時に愛《いと》しい夫に見つめられていたのだから、幸せにならないはずがない。

すごいわ、皓月と一緒にいただけなのに、こんなにも気力がみなぎっている……。

お陰で、今もこうして元気に調整ができていた。正直、昨日ああしてきちんと休んでいなければ、今ここで死んだ顔をしていたかもしれない。

やっぱり皓月は癒《いや》しだな、と優蘭が勝手に思っていると、後ろからひょこりと誰かが現れる。

「優蘭様？」

「っ！　れ、麗月《れいげつ》っ？」

「どうかしましたか？　とてもにこにこされてましたが」

そう微笑《ほほえ》む麗月は、普段の女官服とは違い、髪を一つに結んで男装をしていた。

紅儷《こうれい》とはまた違った凛々《りり》しさを持つ佇《たたず》まいは、まさしく皓月そのもので余計ドギマギしてしまう。

そんな優蘭の反応を見た麗月がとてもいい笑みを浮かべていたので、優蘭は「あ、これわざとだな」と冷静になった。

「……麗月。脅かさないで」

「ふふ、すみません。ですが優蘭様の顔色が良くなっていたので、何よりです。……昨日、皓月のところに泊まったとこっそり宦官《かんがん》経由で伺いましたから、だからなのではないかなと思っていました」

「全部ばれてたのね……」

「あ、それを知っているのはわたしだけですよ？　上手く誤魔化しておいてくれと頼まれたので」

なんだかんだ、この双子は通じ合っているし、何よりお互いの存在をとても頼りにしてるわよね、と優蘭は思う。

まるで、最初からずっと一緒だったかのように。

特に違和感なく、顔を合わせる機会がほとんどなくともこういう形で交流をしているのは少し不思議だが、同時に嬉《うれ》しくもあった。

なのでこっそりにこにこしていると、麗月が胡乱《うろん》げな眼差《まなざ》しを向けてくる。

「……そのお顔は一体どういう意味です……？」

「気にしないで。大したこと考えてないから」

「大したこと、考えてください……わたしはこんなにも、表に出ることに緊張しているのですから」

「……え？」

思わず首を傾《かし》げれば、麗月はその柳眉を寄せた。

「……優蘭様は、わたしと皓月が同じ会場にいることになる、ということを、よしとしているのですか？　わたしたちがそういう存在だと、周りから思われてしまう可能性が高いのに」

「……ああ、なるほど」

　確かに今まではなんだかんだ、麗月は裏方役だった。なので今回のように舞台に立って演劇をすることはなかったし、この言い方からしておそらく、自分と皓月が同じ場所に極力いないよう、注意を払っていたのだろう。

　一部の人の間では二人がそっくりだということは分かっているが、いざこの場で麗月が出てくれば、二人が双子なのでは？　と疑う人間は少なからずいるだろう。

　あまりにも、似過ぎているから。

　特に今回、麗月は男装をしている。より疑われることになるのは、麗月でなくとも分かるはず。

　しかし。

　優蘭は顎に指を当てながら、首を傾げる。

「下手につつく人は、そんなに多くないと思うわよ？　麗月に公主疑惑がかかったことがある手前、そこに触れ出すと困るのは自分だって面々が多いだろうし」

「そういえば、そのようなこともありましたね……」

「ええ。それに、皓月は麗月にそんなことをさせたくて、あなたがここにいるのを認めたわけじゃないと思うから」

「……え？」

珍しく目を丸くしているのが少しあどけなくて、優蘭はたまらなく愉快な気持ちになった。

「だって皓月は、今まで一度もそんなこと言ってないじゃない。そうよね？」

「……それは、そうですが」

「なら、麗月はもっと麗月らしくしていていいわ。何かあれば皓月が助けてくれるし、私も全力で立ち向かう。それに、堂々としていたほうが疑われにくいもの。世の中そういうものでしょ？」

そう、顔を覗《のぞ》き込むように言えば、麗月は一瞬虚をつかれたような顔をした。だがすぐに破顔し、笑う。

いつもの完璧な微笑みではなく、どこか気の抜けた、穏やかな笑みだった。

「……そう、ですか」

「ええ、そうよ。もしかしてだけど……だから、今まで自分のことあんまり言いたがらなかったの？」

「……知っていたんですか？」

「そりゃね。まあ私も、麗月が言いたくないならと思って深入りしなかったけど……今回の一件で、それが少し変わったかしら？」

これは、言うまでもないだろう。でもやっぱり本人の口から聞きたくて問いかければ、麗月は少し恥ずかしそうに目を逸《そ》らしながら頷《うなず》いた。

「……わたしも、妃嬪方《ひひんがた》の……優蘭様や皓月の力になりたいって。そう思えたので。なので今日の演劇、頑張ります」

「……そう。よかった」

自分が大切にしているものを他人にも大切にしてもらえるのは、より嬉しい。それが麗月だと、なおのこと。

ただ一つ、気になることがあった。

「ところで、充媛様は大丈夫そう？」

そう、藍珠だ。

鈴春の圧に押される形で婚約者役をやることになったが、目立つのを嫌がっていた彼女には苦痛であろう。しかし場当たりの際も文句ひとつ言わず、なおかつ台詞《せりふ》や踊り、歌まで完璧にこなす彼女を見ていたら、本当にいいのかどうか聞けなくなってしまった。

なので相手役であり一番関わりが深い麗月に様子を聞いてみたのだが、彼女はふふ、と笑う。

「邱充媛様は大丈夫かと思いますよ。……というより、わたしのほうがもっと頑張らないといけない状態です」

「え？」

「……あの方の演技の深さと舞踊の技術は、かなりのものですから。今のままですと、あの方の実力に見合わず置いていかれます」

さすが、旅芸人一座で看板娘を務めていらした方ですね。

そう言う麗月の目はひどく真剣で、本気でそう思っているのだということがよく分かった。

これは……もしかして、私が思っているよりずっと、どうにかなるのかも。

そう思い、違った意味で胸がドキドキしてくる。

何かとんでもないことが起きる予感を覚えながら。歓迎会は始まった——

今回の外交使節団における主要人物は、杏津帝国の皇弟《おうてい》である王虞淵《おうぐえん》、その娘である王魅音《みおん》、そして秘書官である胡神美《こじんび》だ。

なぜただの秘書官である神美を主要人物扱いしたのかというと、秘書官というのはただの名目で、実際は愛妾《あいしょう》だからだ。

虞淵の妻が亡くなっているにもかかわらず本妻として受け入れられないのは、彼女が平民出身だからだろう。しかし外交使節団の中に愛妾を含めるのだから、かなりの寵愛《ちょうあい》を得ているはず。

その予想に違わず、胡神美は美しかった。

光を集めたような柔らかな白金色の髪に、空の色に近い藍色の瞳。まつ毛も髪と同じ金色で、瞬《またた》くたびにキラキラしてまるで瞳に星が散っているようだった。

肌も白く雪のようで、しみひとつない。

黎暉大国の襦裙《じゅくん》に身を包んでいても分かる豊満な体は扇情的で、なまめかしい。まさに男性が求める女性だ。その証拠に、釘付《くぎづ》けになっている官吏が既に何人もいた。

その一方で、皇弟親子は飴色《あめいろ》の髪と金色の瞳をしている。どちらも整った顔立ちで、目の保養だ。

しかし態度は、正反対だった。

虞淵のほうは紳士的に見えるが、皇弟らしく傲慢尊大な態度をしている。終始笑みを浮かべているが、何かを企《たくら》んでいそうな狡猾《こうかつ》さが透けて見えた。

魅音はというと、席についてからずっと落ち着かない様子で視線を彷徨《さまよ》わせている。されど舞台を挟んで向かいに座る四夫人と目が合うと、俯《うつむ》いてしまった。自信がない、というのが見て取れる。

魅音より、末席に座っている神美のほうがよっぽど自信に満ちていて、どちらが皇族なのか分からない。

そもそも、娘がいる中、愛妾を連れてくるというのがかなりあれよね。

それでも魅音を連れてきたのは、謝礼品として桜綾《おうりょう》を送り込んできた和宮《かずのみや》皇国《こうこく》同様、皇帝に献上して関係を深めるのが目的ではないか、と陽明から話を聞いていた。

なのでこっそり注視していたのだが、どういう親子関係なのかと疑問を感じ始める。

少なくとも、良好な仲を築けている雰囲気ではないけれど。

しかし、使節団そのものとの関係は、さほど悪くなさそうだった。

過激派筆頭の虞淵がいるのでもう少し険悪な雰囲気になると思っていたのだが、表面上は特に問題なさそうで拍子抜けする。

……まあ、その辺りを気にするのは私の仕事じゃないけれど。

そう。優蘭がするべきことは杏津帝国側を警戒することではなく、体調不良を隠して参加している鈴春と静華、そして明貴の様子を逐一確認することだ。

緑韻宮の大広間がもう少し広ければそこで歓迎会を開けたのだが手狭なので、中庭で開催することは決まっていた。夏だから良《い》いと思っていたが体調不良の妃嬪《ひひん》がいるので、優蘭がこうして神経を尖《とが》らせているのである。

ちらりと視線を向ければ、三人とも表面上は問題なさそうだ。鈴春もひとまず熱が下がったと、医官から報告を受けていた。

しかし静華以外は出された食事を一口含んで箸を置いているので、やはり体調はあまりよくないのだろう。

夏とはいえ涼しい菊理州《きくりしゅう》の気温を考慮して風除《かぜよ》けなども置いているが、二人はもう少し着込んだほうがいいかもしれない。

あと、皇子殿下にもかけ布を持っていったほうがいいかしら。

皇族ということで原則的に参加している紫薔の息子は、紫薔の隣にあるゆりかごの中で眠っている。まだ幼子、しかも唯一の後継者なので、やはり体調には気をつけなくてはならない。

などと観察し、優蘭は健美省の女官や宦官《かんがん》たちに裏で指示を飛ばし続けた。

裏方はなんだかんだ、やることが多いのである。

幸いなのは、歓迎会なので祭事よりはやらなければならないことが詰まっていないところだろう。

食事が終われば演劇を観《み》て解散、という、割と楽な予定だ。

――そうこうしているうちに食事が終わり、内儀司《ないぎし》女官長・姜桂英《きょうけいえい》が壇上の中心で頭を下げる姿が見える。

「杏津帝国の外交使節団の皆様、この度は黎暉大国によくぞおいでくださいました。今宵《こよい》は歓迎の意味も込めて、短いながらもひとつ演劇を行なわせていただきます。どうぞお楽しみいただけたらと思います」

そうして桂英が壇上から降りるのを機に、演劇が始まった――

＊

『演劇の舞台は、今よりももっと昔。黎暉大国と似ているけれど少し違う、とある国のお話です――』

桂英の、淡々としていながらもよく通る語りが響いた。

その言葉の後に出てきたのは藍珠――婚約者の少女だ。

『その国の端っこには、とても美しい少女がいました。分け隔てなく人に接し、皆から好かれる少女です。彼女には婚約者がおりました』

そうして出てきたのは麗月――主人公の青年だ。

物語は、二人が仲睦《むつ》まじく寄り添い笑い合うところから始まる。

――瞬間、ぐんっと。意識が二人に惹《ひ》きつけられた。

それは、この二人があまりにも本当の恋人のように、頬を赤らめ幸福そうに笑っていたからだろう。

「あなたが笑うと、世界が華やいで見える」

「あなたがそばにいてくださると、胸が温かくなります」

互いに互いを見つめ、そして互いへの想《おも》いを伝える。瞳から、表情から、その愛が透けて見えるようだった。

しかしその幸福も束《つか》の間《ま》、少女は二人の関係を疎んだ人間によって連れ去られてしまう。

青年は必死になって彼女を取り返そうと剣を持ち立ち向かうが、数が多すぎて敵《かな》わない。

それでも青年は、剣を振り回し戦い続けた。

くるりくるりと、見事な剣舞が観客を魅了する。だが少女を取り返すことはできず、彼女は暴君と名高い皇帝の後宮に売られてしまった。

残されたのは、打ちひしがれ、悲嘆に暮れる青年だけ。

「必ず……必ず！　彼女のことを取り戻す……！」

強い決意を胸に、青年は連れ去られた少女を追って都へ向かった。

道中、盗賊を倒したり、困っている人を助けたり、と青年はその善良さを周囲に示す。

紆余曲折《うよきょくせつ》ありながら進んだ彼はなんとか都に着いたが、後宮どころか宮廷にさえ入れない始末だった。

だから青年は身をひそめて待った。

そうして警備の隙を突き後宮に潜り込むと、彼女を連れ出す。

しかし警備に見つかり、二人は皇帝の前に突き出された。

青年は地面に頭を擦《こす》り付《つ》けて嘆願する。

「なんでもします。ですからどうか、彼女を返してください……！」

少女は涙をぽろぽろとこぼしながら哀願した。

「わたしの心は彼のものです。彼は運命の相手なのです。ですからどうか、彼のもとへ帰らせてください……っ」

青年の必死さ。

そして少女の愛らしさ、可憐《かれん》さ、か弱さ。

青年がこうまでして取り返したい、守りたいと思えるだけのものが、たったこれだけの言葉と演技で観客に伝わってきた。

それを見た皇帝は愉快に思い、青年に提案をする。

「もしそなたが本当に女を取り返したいと思うのであれば、武勇を立ててみせよ」

そして少女に向かって、にやりと笑みを浮かべる。

「もしそなたが言うように、そこの男が運命の相手だと言うのであれば、朕からの好意を拒み続け、戻ってくるとも分からぬ男を待ち続けよ」

――その言葉通り、青年は武勇を立てるために幾度となく戦地へ赴いた。

皇帝の敵を倒し、国を跋扈《ばっこ》する魑魅魍魎《ちみもうりょう》の類いを倒し、最後には隣国の仇敵《きゅうてき》を倒した。

彼は英雄になった。

――その言葉通り、少女は皇帝からの好意を払《はら》い除《の》け続けた。

拒絶し、決して身を許さず、心も開かず。青年が戦地へ赴くたびにじくじくと痛む胸を押さえ、泣き声を殺しながら、彼の帰りを待ち続けた。

そうして皇帝のお眼鏡にかなうだけの武勇を立てた青年は、皇帝から少女を下賜される。

「ずっとずっと、待ち続けたわ。これから先も、私はあなただけのものよ……！」

嬉《うれ》し涙《なみだ》を浮かべながら青年の元へ駆け寄った少女は、彼に抱き着き、腕の中で幸福な微《ほほ》笑《え》みを浮かべたのだった――

＊

結果、演劇は観客たちの心を見事奪い、拍手喝采で幕を閉じた。

杏津帝国の外交使節団も舌を巻くほどの演劇で、食事の際はぴりぴりとしていた空気が一変、柔らかくなり、会場は演劇の感想を口々に言い合う人々の声で溢《あふ》れ返った。

その中には、演劇の下地とした杏津帝国の演劇のことを気づいた者もいたようだ。自国文化を黎暉大国風に構成し直したことに、感銘を受けているようだった。それは、場の雰囲気と語り手の興奮した様子からはっきりと伝わってきた。

そうして、歓迎会は無事、終わったのである。

その日の夜。

優蘭は、鈴春の侍女頭に乞われて、彼女の寝室に赴いた。

もしかして、また体調が悪化したとかじゃ……。

そう内心焦りながら侍女頭の手引きによって入室すれば、寝台の上でぼう、としたまま遠くを見ている鈴春がいる。

わずかな蠟燭《ろうそく》の光だけがちらちらと揺れていて、それがより一層彼女の儚《はかな》さを強調していた。

直感的に、優蘭はまずい、と思う。

何がどうまずいか、なんてことははっきり言えない。だが、侍女頭があれだけ懇願する理由が分かる程度には、状況の悪さを悟っていた。

普段ならば絶対にしないが、今回だけは例外だと自分に言い聞かせ、優蘭は寝台の縁に腰掛ける。

そこでようやく、鈴春は優蘭の存在に気づいた。

「……はく、夫人？」

「……はい、私です。お体、大丈夫ですか？」

「……それは、はい。もうだいぶ……落ち着きました」

かすかに口角をあげ、鈴春はゆったりとした口調でそう言った。

しかしその声にはまったくと言っていいほど覇気がない。今にも枯れてしまいそうな花のようだと、優蘭は思った。

だから優蘭は「そうですか」とだけ呟《つぶや》くと、懐から持ってきた香油の瓶を取り出す。

「なら、この香油を使って、淑妃様の手を揉《も》んでもいいですか？」

「……え……」

「この香油、薫衣草の香りを抽出したものなんです。お好きでしょう、この香り」

「……はい。風邪のときも、香り袋……嬉しかったです」

「それなら良かった。それに手にはたくさんツボがあるので、揉むと寝つきが良くなりますよ」

「…………なら、はい。お願い、します」

許可をもらい、優蘭は香油を少し手に垂らして鈴春の手に擦り込んだ。その後、彼女の表情を確認しながら揉んでいく。

初めのうちはむず痒《がゆ》そうにしていた鈴春だったが、少ししてから肩の力が抜け始めた。

薫衣草の香りとあん摩効果だろう。

その隙を見逃さず、優蘭はあん摩を続けながら口を開いた。

「緑韻宮はやはり、過ごしやすいですね。淑妃様のご実家がある清蓮州《せいれんしゅう》とは違い山々が多いですが、近い気候なのではありませんか？」

「……そう、ですね。都で風邪を引いたときほど、寝苦しくないのは嬉しいです」

「それは良かったです。陛下もきっと、お喜びになるでしょう」

「……へい、か」

「なんせ、宮廷の整理を終えて真っ先に行なったことが、避暑地行きですから。皆様のこと、とても大切に思われていますね」

そう言った瞬間、鈴春の目からぽろりと涙がこぼれる。

一瞬目を見張った優蘭だが、しかしすぐに笑みを浮かべて首をかしげた。

「つらいことがあった際は、全て吐き出してしまうのが、一番の良薬です」

「あ……」

「どうでしょう？　涙と一緒に、私に打ち明けてみませんか？　もちろん、他言は絶対にしませんので」

声をひそめてそう言えば、鈴春の目からさらにぽろぽろと、涙が伝った。それが顎から滴り落ち、掛け布に染みていく。

鈴春はしばらく声を殺しながら泣くと、少しかさついた唇をわずかに震わせる。

「……なさけ、なく、て」

「……何がですか？」

「……陛下の助けになりたかったのに、体調不良のせいでそれが、敵わなかったこと……です。それどころか、皆さんにまで迷惑をかけて、しまって……」

顔を歪《ゆが》めた鈴春が、とうとう堪えきれなくなったように嗚咽《おえつ》を漏らした。

「迷惑だなんてとんでもありません。いろいろ、不測の事態が重なりましたから。なので淑妃様がご自身を責める必要は、どこにもありませんよ」

優蘭はその背をそっとさすったが、彼女はまるで癇癪《かんしゃく》を起こした子どものように首を横に振った。

「それだけじゃ、ないんです。わたし……自分からお願いした、のに。邱充媛に、嫉妬、しましたっ」

「……それ、は」

「珀夫人も、見たでしょうっ？　わたしなんかより、ずっとずっとお上手、だった……あの方がいる後宮でわたし、踊りの名手なんて呼ばれているんです。それって……とても、みじめではありませんか、かっ？」

しゃくり声を上げながら、鈴春は叫ぶ。

「でも、あのとき無理して演劇に出ていたら、絶対に失敗していました！　もっと惨めだった……陛下のためどころか、陛下の顔に泥を塗ることになってました。だからあの選択は最善だったって、それは、それは分かって……わかっている、のに……！」

分かっては、いる。頭では。

あれが最善だと、結果論でしかないが一番良い選択をしたと。皇帝の妃に相応《ふさわ》しい行動をしたのだと、胸を張って言える程度に、鈴春は分かっている。

でも、心が追いつかない。

「わたしが踊ったって、あんなふうな歓声は得られなかった！」

その言葉はおそらく、鈴春が打ちのめされた一番の要因だ。

圧倒的なくらいの、実力差。

演技でも踊りでも。藍珠は恐ろしいくらいいとも簡単に可憐な少女を演じてみせた。身長が高いはずなのにそれを感じさせなかったのは、麗月も長身だったこと、また彼女の振る舞いによるものだろう。

位で優《まさ》っている分、自分も努力をしてきた分、鈴春にも少なからず自尊心はある。

それが呆気《あっけ》なく壊されたことは、鈴春にとってかなりの衝撃だったはずだ。

そこで優蘭は部屋に入った際、ぼう、としていた鈴春のことを思い出す。あれは外を見ていたわけではなく、放心状態だったのだ。

「でもわたしは、まちがってない……まちがってなかったんです」

「……はい。私も、そう思います」

「なのに、なんで……どうして。こんなにも、くやしいんでしょう、ね……？」

珀夫人。わたし、自分が情けないです。

鈴春が再度、同じ言葉を吐き出す。

優蘭は慰めの言葉を探して、しかしどれも彼女の心を癒すことはできないと悟り、ただただ鈴春の背中をさすった。

そして思う。

最善って……難しいわね。

誰かにとっての最善は、誰かにとっての最悪だ。

優蘭自身、それは分かっていたが、今回改めて考えさせられた。

全ての妃にとっての最善は、きっとこの先、ない。

なら何をもって、優蘭は進めばいいのだろうか。何をもって、彼女たちの支えになっていけば良いのだろうか。

健美省設立から一年と少し。新たな課題が生まれた瞬間だと感じた。

それでも。

淑妃様は、これから絶対に強くなる。

それだけは確信できた。

だって鈴春は、優蘭の前で泣いて叫んで自分と向き合っているが、優蘭にすがることはなかった。直《す》ぐにでも胸に飛び込んでいけるくらい近くにいたのに、彼女はそれでもその一線だけは越えなかった。

それはとても難しいことだと、優蘭は思う。

だから。これからもっとちゃんと、妃嬪《ひひん》たちを支えていく体制を整えねばなるまい。

そうして、夜はひっそり更けていく。

大成功で終わったように見えた歓迎会における演劇は、優蘭の中に大きな課題を残して終わったのだ——

間章一　とある異国人の追憶

彼女を壇上で目の当たりにしたとき、女は歓喜した。

だって、まさかこんなところで――黎暉《れいき》大国《たいこく》の外交先で会えるなど、思っていなかったからだ。

それに一緒にいたのはもう十年以上前なので、見ただけで分かるか不安だった。

しかし分かった。

髪の色はまったく違ったが、瞳の色が、力強さが。そしてその踊りが、彼女のものだったのだ。

それを見間違えるほど、女の目は衰えていない。

それに、彼女は女が唯一心を許して、痛みを共有して、同じ目的のために努力することを選んだ女性《ひと》だ。

いわば、自分の分身。もう一人の自分のようなものだ。

そう思ってはいたものの、この広い世界の中、再度相まみえることができるかどうかは、ずっと不安だった。

杏津帝国《あんっていこく》では、黎暉大国の情報があまり入ってこない、というのも、女の不安を煽《あお》った要因だ。珠麻王国《じゅまおうこく》を経由すれば多少なりとも入ってはくるが、それも多くないし、何より情報の鮮度も精度も低い。

なら、下手に彼女を捜し続けて自分たちの目的が知られるより、じいっと身をひそめて機を待とうと思った。

しかし、彼女はこうして女の前に現れた。

その瞬間、女は確信した。

彼女も間違いなく、昔のまま。自分と同じ想《おも》いでこの場にいるのだと。

そう思って、想って。思わずはしたなく、唇を歪めてしまいそうになり。

女は自制した。

今ここで自身の計画がばれてしまうのは、彼女にも申し訳ない。

だから、まともな呼吸の仕方すら忘れてしまいそうになるくらい胸の高鳴りを感じても。

今すぐ駆け寄って抱き着き、子どもの頃のように戯れたいと思っても。

それは、今ではない。

少なくともこれからここで過ごす間に一度くらい、二人きりになれる機会があるだろう。

そのときに、これから先の情報を共有して進行を考えなければならない。

しかし今までのように一人きりでいるよりも、ずっと心が弾む。

だって彼女は絶対に裏切らない。

女とまったく同じ、自身の分身的な存在だから。

そう考えたら、胸の奥底で蠢《うごめ》いていた吐き気がするほどの嫌悪が少しだけ、和らいだ気がした。

だから女は、自分を愛する男が望むように。

そして周囲が望む最高の女でいるために。

清廉な女の顔をしつつ、ほんのわずかになまめかしく、微笑《ほほえ》んで見せたのだった——

第五章　妻、気持ち悪さを覚える

歓迎会でこそ忙しかった妃嬪たちだったが、それから数日はひどく穏やかな日々を過ごしていた。

それもそのはず、二日目から四日目はこれからの外交施策について互いの意見をぶつけ合い交渉していく場で、官吏たちの戦場。

つまり妃嬪たちは、門外漢となるわけだ。

それでも、決して気は抜けない。

その理由はもちろん、杏津帝国《あんつていこく》側の女性団員たちのせいだ。

王魅音《おうみおん》。

そして胡神美《こじんび》。

この二人のために、優蘭《ゆうらん》は一日に一度お茶会を開いていた。

「黎暉大国《れいきたいこく》は杏津帝国を歓迎している」という姿勢を見せるためだ。

できる限り戦争の火種になる要素を相手に渡さないよう、そして友好的な態度を取っているように見えるよう、この辺りはしっかりしなければならない。

尚且《なおか》つ、神美は今回使節団を率いている皇弟、王虞淵《おうていぐえん》の愛妾《あいしょう》である。杏津帝国における愛妾は、囲っている相手が持つ権力と同じだけのものを振るえる立場にあることが多い。上流貴族による社交的な集まりを開き、周囲から一目置かれる存在も多いと桜綾《おうりょう》が教えてくれた。

それはどのくらいの寵愛《ちょうあい》が神美に向いているかにもよるが、こうして外交の場に連れてきた以上、そういう立場にあると考えて差し支えないだろう。

それもあり、妃嬪たちは自由参加としていたが、なんだかんだ三日間ほぼほぼ全員が参加していた。

初日に鈴春《りんしゅん》、最終日に明貴《めいき》が体調不良により不参加を表明した以外は皆揃《そろ》っていたので、その気合の入りっぷりが分かるだろう。

そして本日、三度目となるお茶会が開かれようとしていた——

緑韻宮《りょくいんきゅう》南部の庭園。

そこは、夏の瑞々《みずみず》しい緑と、濃い花の色が調和する美しい庭園だった。

石塀からは凌霄花《りょうしょうか》が垂れ下がり、赤みがかった橙色《だいだいいろ》の花をいくつも咲かせている。

その近くには玫瑰《はまなす》の濃い桃色の花が咲き、目にも鮮やかだ。

それ以外にも立葵《たちあおい》、秋海棠《しゅうかいどう》と、深い緑の中に、暖色系の濃い花がいくつも咲いている。

いるだけで気力が湧いてくるような、精気に満ち満ちた空間だった。

そんな中、いくつもある円卓をそれぞれ囲み、椅子に座って思い思いにお茶を飲む女性たちも、花に負けず劣らず美しい。

それでも特に目立っていたのは、やはりというべきか。四夫人と寵妃《ちょうひ》たちが集まる円卓。

そして、胡神美だった。

「まさか、黎暉大国にこのような避暑地があるとは思いませんでしたわ」

流暢《りゅうちょう》な黎暉大国語で、神美が艶《あで》やかに微笑む。口元に添えられた扇子は、細い糸を専用の針を使って幾何学模様に編み上げた零簾《レース》なる青生地が使われていた。

眩《まばゆ》いほどの光を放つ美しく豊かな金髪と、夏の空の色に似た藍色の瞳。

目鼻立ちもくっきりしており、華やかな美女、といった感じだ。妃嬪の中でも金髪なのは種の人間がいるが、それでもやはり白金色の髪は珍しい。妃嬪の中でも金髪なのは鈴春く鈴春くらいで、故にこの茶会でも周囲の視線を一身に浴びていた。

それに応えるのは、こちらも負けず劣らずの美姫《びき》、紫薔《ししょう》だ。彼女は薔薇刺繍《ばらししゅう》の団扇《うちわ》を口元に当てながら、柔らかく微笑む。

「ええ、陛下の手が各州に及んでいるという証《あかし》です。わたくしも、ここの気候は清々《すがすが》しくて好ましいと思いますわ」

「そうなのですね。それを聞いて驚きましたわ。なんせ、我が国は冬以外はここと同じような気候ですもの。きっと、都で過ごすことになっていたら、大変なことになっていたでしょう。……ねえ、公女様？」

「は、はいっ。そ、そうです、ね……」

そんな会話の中、唐突に名指しされびくりと体を震わせたのは、王魅音だった。

彼女は神美のとなりにこそいるが終始居心地悪そうに俯《うつむ》いており、周囲の眩さに気後れしている様子だった。

神美が何かと話を振っているが三日間ずっとこの調子で、そのたびに上がりかけていた場の空気がしゅん、としぼんでいく。

こう言ってはなんだが、人をいらつかせる才能がある人だなぁと優蘭は思った。

現に、三日目となるとだいぶ気も緩んでくるので、魅音のその態度に苛立《いらだ》ちを覚える妃嬪の様子もも窺《うかが》えた。相手が杏津帝国なのでこらえている形だが、どうにも桜綾が後宮入りしたときのことを思い出す、あまり良くない雰囲気である。

まあ、そんな彼女に話を振る方もどうかと思うけれど……。

最初のうちは気のせいかとも思っていたが、どうやら神美は敢《あ》えて話を振っているらしい。

つまり、妃嬪たちに魅音が嫌われるよう、意図的に行動している、というわけだ。

何よりわざとらしい呼び方からしてみても、仲が良いとは決して言えないようだ。

かといって庇《かば》うほどかといえばそうでもなく、かなり際どい線を攻めているなと思った。

後宮だけでも大変なのに、他国の複雑な家族事情まで持ち込むのはやめて……。

優蘭はどちらかといえば正義感を持っているほうだが、それをむやみやたらと振りかざして、自身の立場が危うくなってもいいと思えるような無鉄砲さは持っていない。

というより、他国を渡っての商売を山のようにしているので、その辺りの線を踏み越えるのにはかなり慎重な質だ。

なので魅音のことを不憫《ふびん》には感じても、積極的に介入したいとは思えなかった。

それに、場の雰囲気を判断できるのは優蘭だけではない。妃嬪《ひひん》たちもだ。

その中でも特に紫薔は、そういうのを汲《く》み取る能力に長《た》けている。なので話をできる限り弾ませようと、場を盛り上げる。

「杏津帝国の都はどのような場所なのでしょう。ぜひお話、聞かせてくださいな」

「美しい石造りの街並みと活気に満《み》ち溢《あふ》れた人々が織り成す、大変素敵な場所ですわ」

「そうなのですね！　都は言わば、国の顔。同時に、そこにいらっしゃる君主の顔です。さぞかし良き君主なのでしょう」

「ふふ、そうですわね。代替わりしてからごたごたもございましたけれど、国民思いの良き君主です。虞淵様とは腹違いなのでお顔は似ておられませんが、お母君が黎暉大国と我が国のちょうど国境沿いを治める貴族令嬢でして。栗色《くりいろ》の髪に藍色の瞳を持った美しいお方です」

「でしたら今後も安泰でしょう」

「はい。ただ、未《いま》だに皇后様が男児を産んでおられないので……ここだけの話、夫婦仲も冷え切っておられるので、臣下たちはその点を心配しておられるようですわ。わたしも他人事《ひとごと》ではございませんから。……ねえ、公女様？」

　びくりと、魅音が肩を震わせる。

　彼女はこくこくと頷《うなず》きながら、また俯いた。

　そんな魅音の肩を、神美がそっと触れる。

「そんな始末ですので、虞淵様にも後妻を娶《めと》ってはどうか、というお話が来るのです。そして公女様も、ご結婚のお話がありまして……皇家の血筋を少しでも増やして、継承権を獲得できる人間を増やしたい、という目論見《もくろみ》が、虞淵様の臣下たちにはあるようです。ふふ、貴族も大変ですわね……？」

　人を魅了するような色香を放ちながら、神美は艶《なま》めかしく微笑んだ。

　それに対し魅音はこくこくと頷き、唇を嚙《か》み締《し》める。

　それと同時に、妃嬪たちの間でも妙に緊張感のある雰囲気が広がった。それはおそらく、神美が貴族のことを馬鹿にしたような発言をしたからだろう。優蘭としても、聞いていて気持ちの良いものではない。

その上妃嬪たちの空気も悪くなる一方なので、そろそろ自分の出番かなと思い、止めに入ることにする。

その道具としてちょうど良いのが、菓子だった。

「皆様。本日の新作菓子をお持ちいたしました」

そう一声かけ、優蘭は持ってきた菓子の皿を順々に置いていく。置き終わってから、菓子の説明をした。

「本日は葛切りという、葛粉を溶かし固めて麺状に切った和宮皇国《かずのみやこうこく》の菓子をご用意しました。糖蜜には芽黄二国《めのういこく》から取り寄せた檸檬《れもん》を入れてあり、ほどよい酸味と爽やかな香りが楽しめるかと」

「あら、ありがとう、優蘭」

「いえ、お楽しみくださいませ。……失礼いたします」

そう言い置いて、優蘭は下がった。葛切りのおかげか、少しばかり空気がやわらぐ。

葛切りを選んだのは、和宮皇国の菓子だからだ。杏津帝国の人間にも少なからず馴染《なじ》みがあるため、黎暉大国の菓子よりも抵抗がないであろう、という事前判断からだ。

ただ餡子《あんこ》を使ったものは和宮皇国、黎暉大国で人気があっても、他国ではそうでもない。なので餡子を使わず、かつ和宮皇国で食べられる菓子を中心に、この三日間の菓子を選抜したのだった。

知らない他国の文化……しかも敵対国だったところのものを模倣するのって、逆に失礼に当たることも多いもの。

とりあえず問題となりそうな要素は徹底的に取り除いたが、その判断は間違いではなかったらしい。三日目も特に何もなく、魅音と神美は菓子を食してくれた。

空気の変化に少しばかり安堵《あんど》の息を吐きながら、優蘭はちらりとある人物たちを確認した。

それは、鈴春。そして静華《じょうか》だ。

鈴春は数日前に泣き腫らしたこともあり、まだ傷心中だろう。そして同様の理由で、静華の精神状態も気になる。

麗月《れいげつ》が取った行動は静華を止めるのに一番有効な手立てだったことは確かだが、それでも。素晴らしい演劇を見せつけられて、鈴春のように沈んでいてもおかしくはないのだから。

その鈴春は、初日こそ風邪の影響で欠席していたが、それ以降は参加していつも通りの、可愛《かわい》らしい笑みを浮かべている。

しかし時折藍珠《らんじゅ》の存在が視界に入ると、固まった表情をする。

それでもいつも通り振る舞おうとする姿を見て、今後の行動を考えさせられた。

一方の静華はというと、今日も変わらずつんつんと棘《とげ》のある態度だ。しかし心なしかその態度がいつもよりきつく見えるので、やはり梅香《ばいこう》辺りに言って気にしてもらったほうがいいかもしれない。

そう、この場を見て判断した優蘭は改めて、気を抜いたらいけないなと感じた。かといって優蘭だけで抱えておくのには大きすぎる問題なので、皓月《こうげつ》に相談したい気持ちが膨れ上がる。

それに……充媛《じゅうえん》様に関しても、未だに判断がつかないわ。

そろそろ、表情や仕草で確認するのにも限度がある。本人と面と向かって話をしなければいけないときが来ているのだろう。

そう、健美省《けんびしょう》女官たちが他の円卓にも菓子を持っていくのを確認しながら思った。

杏津帝国の外交使節団が来ると聞いたときは本当にどうなることかと思っていたけれど……想像していたよりもひどい事態にはならなくて、安心したわ。

だとしても、杏津帝国の外交使節団が国境を越えるその日まで油断はできない。というより、国境を越えてからも油断してはいけないのだろう。が、それは優蘭の職務を超えているので考えないことにする。

ただやはり、ここまで何も起きないのは逆に不気味だった。

今まで後宮にいて一悶着《ひともんちゃく》起きないことがなかった、ということもあり、凄《すさ》まじい違和感を覚える。

外交使節団が来たときよりも、来る前のほうが問題が多かった気がする。はてさて、これはどう見るべきか。

ひとまず、皓月《こうげつ》に淑妃様、徳妃《とくひ》様、充媛様……そして、王公女と胡神美の関係について。

現状報告も兼ねて、相談してみましょう。

そう心に決め、優蘭は最終日の茶会を乗り越えた。


その日の夜。

優蘭は皓月の部屋に足を運んでいた。

今回は事前に宦官《かんがん》に用件を伝えてあり、こそこそせずに入室する。

そしていつも通り二人して寝台に腰掛け、ここ三日間の出来事と気になる点を話した。

「……とまぁ、こちらはこんな感じでした」

「情報提供ありがとうございます。なかなか悩ましい状態ですね」

「そうですね……今回の一件は、こちらのほうでも反省する点が多いなと感じます。……皓月のほうはどうですか？」

そう問い掛ければ、皓月は肩をすくめた。

「まったく、何も問題ありません」

「……まったく？　まったく何も、問題、ない……？」

「はい」

「あれだけ、長期戦になることを見込んでいたのに？」

「はい」

「あれだけ夜遅くまで、向こうがどんな無茶振りを言ってくるのかと警戒して検討に検討を重ねていたのに……？」

「そうなのですよ」

「それはなんといいますか、拍子抜けするといいますか……不気味、ですね」

優蘭が茶会を開きながら、ずっと感じていたことを皓月の話からも感じる。

彼はこくりと頷きながら、軽く外交使節団の様子や所感について説明してくれた。

「今回いらした方々は、全体的にこちらと歩み寄ろうという空気がありました。ですのでお互いに妥協点を見つけ、そこで今までの外交条約の見直しを図ることが目的だと感じましたね」

「こう言ったらあれですが、すごく堅実ですね」

「その通りです。ことを荒立てたくない、という姿勢を感じましたね。それに今回外交使節団を率いてきた王虞淵以外の面々は、どちらかといえば現杏津帝国皇帝寄りの人物だと感じました。……王虞淵の言動を、見張っているような雰囲気でしたので」

その話を聞いて、優蘭は顎に手を当てて唸《うな》る。

それはつまり……以前、杜左丞相《とさじょうしょう》が仰《おっしゃ》っていたことが当たったってことかしら。

『……それに関しては、どちらかと言えば皇弟側の姿勢を調べたいからじゃないかなあ』

『過激派筆頭を謳《うた》っているとはいえ過激派自体の数は少ないというし、この外交をどう対処するかでそこを判断しようとしているんだと思うな。外交で失敗すれば、皇弟を裁く理由にもなるし』

要は試金石だ。同時に、過激派の行きすぎた行動を窘《たしな》め、いつでも裁けるのだぞと脅す意味もあるだろう。

そこで気になったのは、どんな様子なんですか？」

「肝心の王虞淵は、どんな様子なんですか？」

「うーん。今のところ、友好そうな雰囲気を出しています。他の外交使節団員の意見と反発する感じもありませんね。なので初見の印象だけなら、過激派筆頭だとは思えないかと」

「……友好そう？」

気になる単語が出てきたので聞き返せば、皓月はこくりと頷く。

「はい。ご本人は取り繕えていると思っているようですが、態度や言動、視線の中にこちらを敵視していると分かる程度のものは汲み取れました。今はおとなしくしていますが、彼は間違いなく黎暉大国を敵視しているかと」

「そう考えると、結構傲慢な性格をしていそうですね」

「あの感じからして、あれは長年の経験から染み付いたものでしょう。横柄な態度、こちらだけでなく同じ外交使節団員も含めて見下す姿勢……それを隠し切れていませんでした。今はおとなしくしていますが、いずれ何かしてきそうだというのが、杜左丞相を含めた黎暉大国側の意見ですね」

その情報を聞き、優蘭はふんふんと頷いた。

「私は、王魅音がこの外交使節団に参加している理由も気になっています。茶会で話をしたところ、祖国で結婚を考えているとのことだったのですが……結婚適齢期の妙齢女性を連れてきたのですから、婕妤《しょうよ》様のとき同様、婚姻により黎暉大国との縁を結びたいと考えているのではないでしょうか……？」

「……祖国で、結婚を考えていると言っていたのですか？」

「はい。なので、私の考えすぎという可能性はあるかもしれません」

それでも、王魅音は皇族の血を引く姫君だ。歳《とし》は十五だったはず。

杏津帝国皇帝の子に女児はいるが、子ができるのが遅くまだ幼いらしい。つまり、結婚適齢期を迎えている唯一の皇族血統と言える。黎暉大国に嫁いでくる可能性は少なからずあるだろう。

ただその場合、こちらが誰を嫁がせるってところかしら……。

皇帝には公主がいない。なので降嫁した先代皇帝の公主——つまり、皇帝の姉か妹の娘辺りが適任か。

どちらにせよ、皇帝が不機嫌になりそうな案件である。

あの方、自分がしっかり選んだ女性じゃないと不満みたいだし……。

一方で皓月は、優蘭からもたらされた新たな情報に、熟考しているようだった。

「……もしかしたら、杏津帝国側も意見が分かれているのかもしれませんね」

「……といいますと？」

「王魅音自身にはそういうつもりがないとしても、周りが同じように考えているわけではない、ということですね」

ああ、なるほど。黎暉大国との関係を良好にしたいと皇帝派は考えているから顔合わせのために連れてきたのかもしれないけれど、本人にその自覚はないってことね。

皇族は基本的に、国の利益のために結婚をする。なので、いくら本人にその気がなく、婚約者がいたとしても、その言葉を真に受けるのは良くないということだろう。

「とりあえず、警戒は緩めないほうが良《い》いですね。充媛様の件は未《いま》だに気に掛かっていますし……」

「そうですね。ですが警戒しすぎると疲れますから、ほどほどにしてください。優蘭は責任感が強いですから、頑張りすぎてしまうので」

さりげなく優蘭を引き寄せて頬に触れながら、皓月はそう言った。

優蘭は「それをあなたが言うんですか」と思う。

むしろ優蘭が割と損得や利益を考えるのに対し、皓月の行動原理は皇帝への献身なので、よっぽど責任感が強いと思うが。

まあそれを言っても無駄なので、「お互いに気をつけましょうね」と言って優蘭は皓月の手に自分の手を重ねる。

最近は皓月との触れ合いにもだいぶ慣れてきたので驚かなくなったが、やはり触れられるとドキドキするし、彼が触れたところがより一層熱を持つ気がした。

なのにもっと触れ合っていたい、けれどこのままでいたい。

そんなふわふわした気持ちにさせられる。

多分こんな気持ちになるのは、後にも先にも皓月だけだ。

そう思いながら視線を上げれば、ぱちりと目があった。

その瞳の奥に熱のようなものを感じ、優蘭は反射的に目を瞑《つむ》る。

口づけをされたのは、それからすぐだった。

「……やはり、優蘭とこうしている時間が、一番心安らぎますね」

なんて笑って、皓月が再度唇を重ねる。何度も食《は》むように接吻《せっぷん》をしていると、胸が多福感で満たされていく。

互いの額を合わせた状態で、皓月が微笑《ほほえ》んだ。

「……ありがとうございます。これでまた明日も頑張れます」

「……私も、頑張ります」

「はい。明日は狩猟ですから……何も問題なく進むことを願っています」

優蘭も同じ気持ちだ。

それから優蘭は皓月と他愛のない話をしつつ、明日に備えてほどほどの時間に退出したのだった。

＊

外交五日目。

本日は、狩猟だ。

狩猟とは、あらかじめ捕まえておいた兎《うさぎ》、鹿といった獲物を狩場に放し、狩りをする貴族特有の遊びの一種だ。主に男性が行なうもので、社交の意味もある。

女性も鷹《たか》などを使って狩りを楽しむ文化はあるが、今回は全員留守番だ。狩場の一角を休憩できるようにして、男性陣の狩りを眺める感じになる。

実質、外での茶会である。

狩場外の決められた範囲であれば散策に出ても良いとのことで、その範囲に武官がいる。狩猟に参加するのが初めてだった優蘭は、今回参加する男性陣が馬に乗る姿を見て感心した。

こう、普段は官吏服しか見てないから、武官と同じ格好をしていると違った印象に見えるわね。

特に新鮮なのは、空泉《くうせん》だ。というよりこの人、弓引けるんだ、とすら思った。弱々しいわけではないが、なんというかあまり好んで戦いをやりそうにない印象である。ただ、視線が合うと本能的にぞわっとするので、見るのはほどほどにしておいた。

もちろん、皓月は何を着ていてもかっこいいので優蘭から言うことは何もない。

馬上の皓月が微笑みかけてくれたので、優蘭も笑みを返した。

瞬間、誰かの視線を感じ、優蘭は思わず振り返る。

「……王公女？」

背後にいたのは、魅音だった。しかし優蘭の視線に気づくと、ぱっと視線を逸《そ》らす。それに、優蘭は内心首をかしげる。

何かしら、こう……探るような視線だったんだけど。

魅音が置かれている状況を考えれば、助けを求める視線をされることなら優蘭も分かるのだが、なんだか釈然としない。

しかし今感じた違和感が形になる前に、狩猟開始を告げる銅鑼《どら》が鳴らされた——

＊

馬を歩かせながら、珀皓月《はく》はどうしたものか、と内心首を傾《かし》げた。

男性陣の交流ということで開かれた狩猟だが、狩ること自体ではなく、狩る道中で会話などをして交流を深める、というのが本来の目的だ。女性たちの行なう茶会と似たようなものである。

違いといえば、固まって話すことがない分、割と軽い会話ができる点だろうか。

黎暉大国民は男女問わず茶を飲みながら話をするのが好きなのだが、杏津帝国を含めた異国では茶ではなく珈琲《コーヒー》や煙草《たばこ》、酒などをたしなみながら腹を割って話すことが多いという。

たださすがにそこまでやると、言っていいことと悪いことの区別がつかない人間が、ぽろりと情報を吐き出してしまうかもしれない。

ということで、両民に馴染《なじ》みがある狩猟をしよう、という運びになったわけだ。

皓月も率先して狩るつもりはなく、慶木《けいぼく》と一緒に劉亮《りゅうりょう》のそばにいる形だ。

狩場は山の上の開けた場所にあり、木の数が増えすぎないよう、定期的に伐採、植林して管理されている。

それもあり比較的平地で歩きやすく安全だが、それでも山の上だ。少し道を外れれば転がり落ち、最悪の場合死に至る。一応印を事前に付けさせてそこまでいかないようにと配慮はしているが、万が一があっては困るのだ。

陽明と空泉はそれぞれ分かれ、杏津帝国の使節団員たちと話している。笑い声が時折聞こえるので、会話が弾んでいるのだろう。あの二人は交流面において特に優秀なので、きっと交渉の場では引き出せなかった情報を引き出してくれるはず。

なら、私はどうしましょうか。

場の状況を見ながら緩く馬を歩かせていると、ずっと横から従者を率いた飴色《あめいろ》の髪の男性が現れた。

王虞淵だ。

彼は馬上で微笑むと、口を開く。

「皇帝陛下。よろしければ、ご一緒しても構いませんかな？」

「ああ」

微《かす》かに笑みを浮かべて首肯する劉亮に、虞淵はより一層笑みを強める。

その中に嘲りと苛立《いらだ》ちを感じた皓月は、笑みを浮かべたまますっと目を細めた。

昨日、優蘭は虞淵のことを「傲慢な性格をしていそう」と称したが、その通りだと皓月は思う。

この男は、他人を。特に弱者を貶《おとし》めて生きてきた人間だ。劉亮を見下すような視線が隠せていなかったからだ。

それでも劉亮が良しと言ったのだから、共に歩く他ない。

なので皓月は劉亮の後ろについて馬を歩かせる。前に慶木が行き、前後挟む形で護衛をするのだ。その横に、虞淵たちの一行がついた。

虞淵が人の好さそうな笑みを浮かべて言う。

「それにしても、この狩場は広いですな。陛下の目当ての獲物はどれでしょう？」

「ふむ。鹿辺りは仕留めたいところだな。猪《いのしし》でも良いが」

「それはいいですなぁ。もしや、その獲物を皇后となられる妃嬪《ひひん》にお贈りになるので？」

馬上の劉亮が首をかしげる。

「……ふむ？　それはどういった意味がある贈り物だ？」

「おや、黎暉大国では一般的ではなかったですかな。我が国では、若者が告白したい相手に狩った獲物を贈る文化があるのですが」

「なるほど、それは面白い。ただ我が妃たちに贈るのであれば、獲物ではなく獲物を使った料理にしたいところだな。そのほうがきっと喜ぶ」

「……仰《おっしゃ》る通りですな！　ははは、陛下は大変愛妻家でいらっしゃる」

最後のやりとりで、虞淵の顔が若干歪《ゆが》んだのが見えた。声色もどこか硬くなり、瞳に鋭さが出た気がする。わざわざ表情が見える位置を歩いた甲斐《かい》があるというものだ。

これで、皓月は確信する。

やはり彼は、陛下のことを見下している。

丁寧さと傲慢さ。

杏津帝国皇帝の臣下に下ったのだから、いくら皇族とはいえそれ相応の態度でいるべきなのに、この男はそこの線を行ったり来たりしている。

陽明や空泉とも話したが、正直言って虞淵はさしたる脅威にならないと感じていた。

いかんせん、心情が態度に出過ぎる。

適度につついてぼろが出れば、一瞬で転落していくだろう。

問題は、こんな男が過激派筆頭なのに、どうして今の今までぼろが出ていないのか、という点だ。

考えられる理由は一つ。裏に、この男を操る黒幕がいるから。

そして黒幕として一番可能性がありそうなのは、胡神美だった。

こうして外交使節団に連れてきたくらいだ。寵愛《ちょうあい》を傾けている相手だということは誰の目から見ても明らか。

その上。

……優蘭の目から見ても、隙がなかった。

優蘭は元商人ということもあり、誰よりも人を見る目があると皓月は思っている。しかし彼女から聞いた話といえば、虞淵の娘である魅音を弄んでいる、程度。そしてそれも、決定的ないじめとは言い難《にく》い、ささやかなものだったという。

それだけならば、正直言って良くある家庭事情だ。だが、未《いま》だに奥底を覗《のぞ》けていない。

だから皓月としては、優蘭の身に何か起きないか、不安で仕方がなかった。

それから会話をしつつ、一同は奥に進んだ。

印を確認しつつ慶木が進んでいく。

しかし、開けた狩場にしてはだいぶ木々が多く、視界が悪くなってきているような気がした。

……わたしの気のせいでしょうか。

そんなときだった。

――バチバチバチッ！

目の前に、爆竹が投げ込まれたのは。

劉亮と皓月、その間に投げ込まれた爆竹に、馬が恐れいななく。特に驚いたのは皓月が乗っていた馬で、前足を上げて暴れた。手綱を握って落ち着かせようとしたら、木々の間から盗賊が飛び出してきた。

こんなところに盗賊ですか……⁉

確かに菊理州《きくりしゅう》で盗賊が頻出しているとは聞いていたが、こんな場所に出てくるとは思わなかった。昨日も武官と宦官《かんがん》が周辺確認をしていたし、間違いない。

なら狙いは劉亮かとも思ったが、向かってきたのは皓月のほうだ。

違和感。

しかしそれを考えている場合ではないと瞬時に判断した皓月は、馬から滑り降りる形で飛び降り、腰の剣を抜く。

まさかの行動に怯《ひる》んだ盗賊の隙を見逃さず、彼は首を一突きで絶命させた。

その間にも別の盗賊がわらわらとやってくる。

劉亮のほうを確認すれば、馬はもう落ち着いていた。慶木は馬上から弓を引いている。

「皓月。即刻仕留めよ」

「御意」

劉亮のことを慶木に任せ、皓月は向かってくる敵目掛けて走り出した。

──皓月は基本的に、一発で相手を絶命させることを好む。

むやみやたらと相手を虐げるのは趣味ではないし、何より、首を斬ってしまえば相手が起き上がることは絶対にないからだ。

なので皓月が仕留めた盗賊の大半は、頭と胴が離れていた。

全員が死んだことを確認した皓月は、頰についた返り血を袖で拭いつつ主人の元へ歩く。

「陛下。お怪我《けが》はございませんか」

「あるわけなかろう。そなたがほとんど仕留めたわ」

「それはようございました」

そんな主従の会話をよそに、慶木が護衛の武官たちに言って他にも盗賊がいないか調べさせている。相変わらず行動が早い。

そのとき、視線を感じて目線を上げれば、虞淵が顔を引《ひ》き攣《つ》らせている。

「これ……は……陛下の側近殿は、大変お強いですな……」

ははは、と乾いた笑みを浮かべる虞淵に、劉亮はにやりと口角を吊《つ》り上《あ》げる。

それは、この外交において初めて見せた、劉亮の不遜な笑みだった。

「そうであろう？　これは昔からの側近でな。余の自慢だ」

「これは確かに、自慢にもなりますな……陛下の護衛よりもお強いのでは……？」

それに対し、皓月は笑みを浮かべた。

「まさか。彼はわたしよりも強いですよ」

今回皓月が前に出たのは、馬から降りざるを得ない状態だったからというのと、慶木が劉亮の近くにいたほうが安全だと判断したためだ。

現に、慶木はこの視界が悪い中、何人もの体に矢を突き刺している。

こういった点が、この人の迂闊《うかつ》さを表していますね。

一般的な人間ならば、武官よりも文官のほうが強いと言えば、武官側の機嫌を損ねることになるなど分かるだろう。これは別の立場でもそうだ。

実際、この会話を聞いていた黎暉大国側の人間は、顔色を悪くしていた。おそらくだが、慶木と皓月の仲がさらに悪くなる原因になるとでも思ったのだろう。

肝心の慶木は何をしていても顔が怖い上に、今は自分たちの見落としで劉亮を危険な目に遭わせたかもしれないと思い、苛立っていた。なので虞淵の発言はこれっぽっちも気にしていなかったのだが、より信憑《しんぴょう》性が高まる形になってしまった。

皓月としては、慶木との不仲説がより広まる要因になるのでありがたいくらいだが、もう少し考えて発言をしたほうが良《い》いと他国の人間ながら感じる。

そんなことより……気になるのは、どうして盗賊が現れたか、ですね。

事前の調べも警備も、完璧だったはずだ。それでも山は深いのでもしもはあるが、何やら胸騒ぎがする。

そのときに頭をよぎったのは、笑みを浮かべた優蘭の顔だった。

「……陛下。狩猟は中断して、戻りましょう」

「ふむ。そうだな。妃嬪たちが心配だ」

「はい」

劉亮も同じ考えに至ったらしい。やはり愛妻家だなと思いつつ、皓月は再度手綱を持ち、愛馬にまたがろうとする。

休憩場所付近と思《おぼ》しき場所から緊急連絡時に使う狼煙《のろし》が上がったのは、そんなときだった――

馬を走らせ、急いで休憩場所に戻った皓月が真っ先に捜したのは、優蘭の存在だった。

休憩場所はだいぶ混乱しており、人がごった返している。怪我人《けがにん》も少なからずいるようで、血の匂いと火薬の匂いがした。火薬のほうは爆竹だろう。

人が多い中で馬を進ませるのが難しくなり、もどかしくなった皓月は馬から飛び降りる。するとと、紫色の女官服を身にまとった女性の中でも、一番濃い襦裙《じゅくん》を着た女性の姿を見つけた。

優蘭だ。

「優蘭！」

焦りを滲《にじ》ませて名を呼べば、優蘭が目を丸くする。

「こ、皓月！　血が！」

「ああ、大丈夫です。これは全て返り血ですので」

「はいそうですか……って言えますか!? どの辺りが大丈夫なのですか!?」

そのまま説教に入りそうな雰囲気だったので、皓月は「心配されるのは分かっていたのだから、次は着替えてこなくては……」と思いつつ話を軌道修正する。

「それよりも、何があったのですか。狼煙が上がりましたが……」

「ああ、その、盗賊が現れまして……盗賊自体は武官たちがなんとかしてくれたのですが、妃嬪方《ひひんがた》の中には散歩に出てしまった方もいたのです。なので今、全員いるのか確認を取っていまして……」

なるほど。だから走り回っていたのですね、と皓月は納得した。

「ところで、皓月のほうは何が」

「こちらも盗賊です」

「えっ」

「その上狼煙が見えたので、直《す》ぐ様《さま》帰還しました。陛下と慶木もおりますよ」

それ以外の狩猟に出た面々も戻ってきているので、狼煙の効果があったのだろう。実際、盗賊がうろついている中でバラバラに行動するのはよくない。

そう思っていたとき、赤髪の女性が走ってきた。

紅麗《こうれい》だ。

「優蘭!」

珍しく焦った顔をした彼女の衣には、血が滲んでいる。顔にも焦りが浮かんでいて、何かあったことがありありと分かった。

そんな紅儷に近づき、優蘭は「どうしたの」と宥《なだ》めるように言う。

「すまない。盗賊に襲われて……」

「ええ」

「盗賊は、倒したんだが……邱《きゅう》充媛と胡秘書官が、坂から滑り落ちて遭難した」

その声には、悲痛さが滲んでいた――

第六章　妻、花園のこれからを想う

〝彼女〟は、わたしの知っている〝彼女〟だった。

そのことに、彼女は少なからず衝撃を受けた。

だってあれからもう十数年経《た》っている。なのに、こんなにも変わらない。

それは、異常だ。

普通の人間ならば、大なり小なり変わる。

彼女が皇帝に出会って、妃嬪《ひひん》たちに出会って、そして健美省《けんびしょう》長官に出会って、話して、変わったように。

良いほうでも悪いほうでも変わるのが普通だ。

なのにそれすらなく、むしろ時が止まってしまったかのようにそのままなのは何故《なぜ》だろうか。壊れて、しまったのだろうか。

が、それ以上に衝撃的だったのは、〝彼女〟の中に燻《くすぶ》る闇を、明確に感じたからだ。

ああ。

嗚呼《ああ》、〝彼女〟は。

あの日約束した通りに、全てを壊すつもりなのだと。

そう悟った。

だから彼女は、あの日のことを思い出すと決めた。

だから彼女は、〝彼女〟と話すと決めた。

恐怖で体の震えが止まらないけれど、でも、ここで立ち上がらないと後悔する。

そう。だから。

だか、ら――


「――藍珠《らんじゅ》」


この世で一番嫌いな名前を呼ばれ。

びくんと。邱《きゅう》藍珠は体を震わせた。

目を見開けば、眼前に胡神美《こじんび》の顔がある。思わず恐怖で喉の奥から悲鳴が漏れそうになったが、なんとかこらえた。彼女に、藍珠が抱いている恐怖心を知られてはいけないと感じたからだ。

演技をするのは慣れていた。後宮に入る前まではずっと、自分を偽り続けていたから。

だから絶対、気づかれない。そう自分に言い聞かせ、藍珠は深呼吸をした。

そこでようやく気づく。

自分はどうやら、仰向けに倒れていたようだ。体を起こしてみると、ずきりと右の足首が痛む。

「……ここは、どこ？」

「ここは、山の中よ。あなたはわたしと一緒に、転がり落ちたの」

そう言う神美の体には、土や草がついている。髪もぐちゃぐちゃで艶がなくなっていた。

そこで段々と何があったのかを思い出す。

そうだ……わたしたちは確か、盗賊に襲われて……。

――今より少し前。藍珠は神美に「少し散歩に行かない？」と誘われたのだ。

赤の他人であれば、きっと断っていただろう。

しかし彼女には、疑いがある。藍珠が幼い頃、柊雪州《しゅうせつしゅう》の国境沿いで活躍していた旅芸人一座で知り合った彼女と、同じではないかという疑惑が。

向こうも恐らく、藍珠があのときの少女かどうか確かめたいのだろう。互いの利害は一致していた。

だから震える体を叱責しながら、神美についていったのだ。

そうしてとなり合って歩いていたとき、突然茂みから盗賊が出てきた。

慌てて逃げ、叫んで助けを求めたら、ちょうど近くにいたらしい女武官と健美省女官が助けてくれた。確か、郭紅儷《かくこうれい》と蕭麗月《しょうれいげつ》といったか。赤髪に翡翠《ひすい》色の瞳を持つ、菊理州《きくりしゅう》の国境沿い出身の女性と、今回藍珠が参加した演劇の、相手役を務めた女官だ。どちらも藍珠にとって印象深かったので、ひと目見て分かった。

特に赤髪は藍珠にとって複雑な事情を持つものなので、久方ぶりに見たときは動悸《どうき》がした。

でも同時に胸が痛くなるくらい懐かしくて、愛《いと》しさを覚える色。

だからその色に目がいって、周囲への警戒を怠ってしまったのだと思う。後ろに下がれば道がなく、斜面を転がり落ちてしまうこと。それに気づけなかった。

そうしてどうやら、神美はそれに巻き込まれ、一緒に落ちてしまったようだ。

藍珠は慌てた。

「ご、ごめんなさい。あなたを巻き込んでしまって……」

すると、神美は首を横に振りながら微笑《ほほえ》む。

「いいのよ、藍珠。だってわたしとあなたは、親友で家族でしょう？」

確信したかのような物言いに、藍珠はぴくりと体を震わせた。

何故そんなにも、言い切れるのだろうか。藍珠には分からない感覚だ。だからそれを改めて確かめるために、口を開く。

「……神美、なの？　柊雪州の旅芸人一座にいた？」

「ええ」

「……なら、わたしと初めて共演した演劇の名前は？」

「芙蓉《ふよう》姫よ。ちょうどこの時期に初舞台だったわ。わたしは芙蓉姫・玉簪《ぎょくしん》役。あなたは侍女の海棠《かいどう》だったわ」

そこまで話をしてようやく、藍珠は目の前にいる女性が自身の知る〝胡神美〟と同一人物なのだと実感した。

しかし神美のほうは、どうしてそのような確認をするのかという顔をする。

「一目見て、気付かなかったの？」

「いいえ、気付いたわ」

「ならどうして、確認が必要だったの？」

神美はひどく不思議そうな顔をしているが、藍珠としてはどうして確認をしたがらないのか分からなかった。

あまりにも昔と外見的な雰囲気が変わらなかったから、確認したのだ。

普通考えてそんなこと、あり得ないから。

しかしもし昔と同じなら、言っても通じないだろうと藍珠は思った。なので、話を逸《そ》らすために上、自身たちが落ちてきたであろう場所を見る。

……落ちてきたわりに、道中の草花が折れていない気がするけど……わたしの気のせいかしら。

そんなことを思いながら、藍珠は口を開いた。

「本当にごめんなさい。わたしのせいで、あなたまで落ちてしまった」

「だから、いいって言ってるじゃない。それにわたしは、わざと落ちたのだもの」

「……え？」

「あなたが落ちたからわたしも落ちた。そんなの、当たり前でしょう？」

あまりにも無邪気な笑みでそう言われ、藍珠は一瞬反応が遅れてしまった。しかし神美は気にした様子もなく、藍珠を抱き締めてくる。

そのとき、ひねってしまった右足首がずきりと痛み、藍珠は思わず「いたっ」と口にしてしまった。

すると、神美が顔を見合わせてくる。

「どこか怪我《けが》をしたの？」

「あ……足首をひねったみたいで……」

「どっちの？」

「み、ぎ、」

反射的にそう口にして、ある可能性に気づき口をぱっと覆った。しかしときは既に遅く、神美が自ら足をくじいている。

瞬間、過去のやりとりが脳裏をよぎった。

『わたしたち、これでお揃《そろ》いね』

まるで同じ襦裙《じゅくん》を仕立ててもらったかのような口振りで、あの日の少女たちは互いの怪我がある場所に同じ怪我を作った。本当に、自分たちは同質の存在なのだと刻み込むように。

「ねえ、藍珠。これで、お揃いね」

「あ……」

そして藍珠は悟った。

神美が、あの頃と本当に——中身も含めて何一つ、変わらないことに。

瞬間、ぞわりと背筋が総毛立つ。

しかしそれを悟られてはいけない。自分にそう言い聞かせ、藍珠は神美と同じように微笑んだ。

「……そうね、お揃い」

「ええ。だからわたし、あなたにお願いがあるの」

「……それが、二人きりで話したかったこと？」

「ええ、そう」

ふわりと。どんな花よりも甘美で禍々《まがまが》しい笑みを浮かべ、神美はそっと手を差し出してきた。

わたしと一緒に、国を壊しましょう？

そして、藍珠が最も恐れて、最も望まない言葉が、神美の口からこぼれ落ちた。

そう。神美の中では、何も終わっていなかったのだ。藍珠が子ども時代に捨てて抑え込んだものは、彼女にとって未《いま》だに続く悪夢だった。

そして、それを始めたのは藍珠と神美だ。なら、それを止める義務が藍珠にはある。

だから藍珠は、突き刺さるような痛みをこらえて笑う。幸せそうに笑う。

そうして、神美の手をそうっと取った。

「あなたが、それを願うならば」

だってわたしたちは、同じだもの。そうでしょう？

だから藍珠は、神美の内側に入る覚悟を決めた。

決して、藍珠が神美と同じでないことを知られてはいけない。

かといって、神美の毒に飲み込まれてもいけない。

そのために、藍珠は心の中で呟《つぶや》く。

『美しい、余の茉莉花《まつりか》。こちらにおいで』

藍珠を藍珠が望む形にしてくれる。その愛称さえあれば、なんとかなる。いや、なんとかする。

それでももし、なんとかならなければ、そのときは。

わたしの秘密を暴いて、わたしを壊して欲しい。

そう考えたときに浮かんだのは愛しい皇帝の顔ではなく、「後宮妃嬪《ひひん》全ての味方でいる」と胸を張って宣言した、あの女官の顔だった——

＊

その後、妃嬪たちを含めた休憩場所にいた面々、そして狩猟に出た武官や官吏、外交使節団員たちの数を数えた結果、姿が見えないのは藍珠と神美だけだということが判明した。

それを聞いた皇帝は直ぐ様武官たちに指示を飛ばし、他に盗賊がひそんでいないか確認するための隊と、藍珠と神美の捜索隊を編成。後者は、紅儷と麗月が最後に二人を見た場所を中心に、捜索し始めた。

「急げ！　日が暮れてからでは遅いぞ！」

皇帝が珍しく声を張り上げて指示を飛ばしている姿を尻目に、優蘭《ゆうらん》は不思議な心地に襲われる。

なんせ、その捜索隊の中には、杏津帝国《あんつていこく》の外交使節団員たちがいるのだ。

遭難したのが杏津帝国の人間であるから、と虞淵《ぐえん》が申し出たのだが、その顔に焦りがあったので神美を心配しての行動だろう。

それ以外の使節団員たちも、武官たちに協力的な姿勢を見せている。それもあり、捜索隊の数組は使節団員たちと武官たちが混合した編成を組むことになった。

「それでは、混合捜索隊はこの四組でお願いします」

そんな言葉と共に瞬時に編成を整えたのは、陽明《ようめい》だった。どうやらこの五日間で、杏津帝国使節団員たちが、緊急事態の場で武官たちを邪魔しないと踏んでのことらしい。横にいた皓月《こうげつ》がそうこっそり耳打ちしてくれた。

また向こうからの協力姿勢を受け入れることで、より親交を深めるという外交的魂胆もあるのだろうな、と優蘭は何となく悟った。

見たところ、混合捜索隊を組まされた武官たちと使節団員たちは、互いに真剣な顔で振り分けられた捜索箇所《かしょ》に向かっているため、大丈夫だろう。

気になる点があるとすれば、魅音《みおん》と虞淵が同じ組に振り分けられていること。そして、虞淵が頑《かたく》なに「東側を捜索したい」と言っていた点だろうか。と言っても、周囲もそれに文句を言わなかったため、これといった問題は起きていなかったが。

しかし。

「神美が遭難したのはお前のせいだ！　どうして彼女についていなかった⁉」

「も、申し訳ございません、お父様。で、ですが神美様は、お、お一人になりたいと仰《おっしゃ》って……」

「言い訳をするな！　なんのためにお前まで連れてきたと思っている！　くそ、お前が代わりに落ちればよかったのにッ」

同じ捜索隊に組まされた娘に対してそう罵声を浴びせる虞淵の姿は、正直言ってみっともなかった。

神美と魅音のやりとりだけではいまいち断言できなかったが、父親である虞淵のこの態度を見て優蘭は確信した。魅音は、家庭内でいじめられている。

わざわざこんなところで怒鳴り散らさなくてもいいのに。

そう思ったが、言いたいことだけ言い終えると、虞淵は俯《うつむ》く魅音を置いて東へ向かってしまった。

そのせいで、先に行ってしまった虞淵についていく武官と、置いて行かれた魅音に付き添い、一緒に行くよう促す武官、といった形で、本来ならば一組にまとまっているはずの混合捜索隊が二つに分かれてしまう。

これには、編成を組んだ陽明も困り顔をしていた。

彼の気持ちや苦労が痛いくらい分かり、優蘭も皓月と一緒に苦笑いを浮かべつつ、捜索を開始した。

そんな優蘭は、皓月、麗月、紅儷と共に捜索をすることになっている。もちろん、余っていた武官服の一番小さいものを拝借して、だ。山の舗装された道を歩くだけならいざ知らず、道なき道を歩くのに女官服のままなのは自殺行為でしかない。

皓月と紅儷という頼もしい二人がいるので安心していたが、誰より活躍していたのは麗月だった。

「優蘭様。そこにある木は漆なので、気をつけてください。触れたらかぶれてしまいます」

「え、あ、ほんとだ……ありがとう、麗月」

「いえ。山を歩くのは慣れていますから、これくらいは」

その言葉通り、麗月の歩みに迷いはない。二人が落ちた場所にあった木の枝に紐《ひも》を括《くく》り付《つ》けて印にしたのも、地図を見てどこから下りれば二人が落ちたであろう位置に辿《たど》り着《つ》くか教えてくれたのも、全て麗月だった。

優蘭も山歩きはしてきたほうだったのだが、ここまで違うとは思わなかった。

そう舌を巻いていたら、無事に二人が落ちたであろう場所に到着した。

そこを見た優蘭以外の三人は、眉を寄せる。

「うーん、これは……」

「……どういう意味でしょう」

「ちょっと分かりかねますね」

以上、紅麗、麗月、皓月の順での発言である。

優蘭は、三人が何に気付いたのか分からず、早々に白旗を振った。

「あの、すみません。何に気付いたんですか？」

思わずそう問えば、皓月がある部分を指で指し示す。そこはちょうど草が倒れていた。

「おそらく、お二人が落下して辿り着いたのがここです」

「はい」

「ただ、ここ。ここに、足跡があるのです。それも、一人分。踏み荒らされたような跡はないので、盗賊たちに捕らえられたということもないでしょう」

「……つまり、どちらかが怪我をしていて、もう一人が運んでいる、と？」

「はい。その可能性が高いですね」

なら、一体何が分からないのだろう。

そう首を傾《かし》げれば、皓月が足跡の方角を指す。

「また、足跡のほうを見てください。……一度、踏み均したような跡があるのが分かりませんか？」

「…………ほ、ほう……」

そう言われて見てみたが、はっきり言おう。優蘭のような素人では、その違いは分かりにくい。

しかし、皓月が何が言いたいのかは理解できた。

「つまりこの一人分の足跡の主は、元から用意されていた場所を歩いているのです。……故意性を感じませんか？」

優蘭は一つ、静かに頷《うなず》いた。

こんな山奥に踏み固めた道があるのだとすれば、それは地元の人間が作った場所だろうが、この辺り一帯は皇家所有の土地になっている。なのでその可能性は低い。

しかし藍珠か神美が事前に踏み固めたのだとすれば、その意図がまったく分からない。ゆえに、三人はどういうことなのだ、と揃って首を傾げていたわけだ。

無理やり理由を作るなら、逃避行とかだけれど……。

数ヶ月、改めて藍珠のことを観察していたが、後宮に不満があるようには思えない。

まあどちらにせよ、二人を捜さないと。

皇帝が言っていたように、日が暮れると捜索は難航するし、気温も下がり生存率に直結する。何よりこの辺りには獣もいるため、早く見つけなければ。

時刻は昼過ぎ。まだ時間はある。ちゃんと追跡すれば、彼女たちに出会えるはず。

そう思い、その踏み固められた道に進もうとしたとき、六人もの盗賊たちに出くわしてしまった。

「ふへへ、上玉が三人もいるじゃねえか！　話に聞いていた通り、ツイてやがる！」

……話？

そんな疑問を持ったが、今はそれどころではない。数は圧倒的に不利だし、そのうち優蘭は戦えないので完全にお荷物だ。

そう思っていたのだが。

皓月と紅儷があっという間に相手を倒してしまい、優蘭は先ほど拾い構えていた石をぽいっと捨てた。

投擲《とうてき》は得意だからいざとなったら投げようと思っていたのに、全然必要なかったわ……。

商隊が襲われたときもよく手製の投石機で的中させていたのだが、この場においてはまったくいらない技術だったようだ。至極残念である。

「それにしても、お二人ともお見事ですね……」

思わずそう呟けば、ははは と紅儷が笑う。

「わたしなど大したことはないよ、優蘭」

「ご謙遜を。戦闘の際、『紅儷がここにいれば……』とよく慶木《けいぼく》がこぼしているのが分かる、圧倒的な強さですよ」

「ありがとう、珀右丞相《はくうじょうしょう》殿。あなたこそ、慶木がよく『何故《なぜ》あの男は文官をやっているのだ』とぼやいているのが分かる、鬼のような強さだった」

皓月と紅儷が、なぜか郭将軍の存在を通じて分かり合っている……。

なんだか面白い。

そもそも、この面々とこうして捜索活動をしているのがなかなか珍しいので、慶木を通じて二人が仲良さげにしているのはなんだかほっこりした。

麗月も心なしか、ほっこりしているような気がする。

それはさておき、進もう。

そうして道と呼べない道を、紅儷を先頭、皓月をしんがりにして進んでいたら、少しして開けた場所に出た。

そこには、王《おう》虞淵と何故か草まみれになっている魅音を含めた混合捜索隊がいて、優蘭は目を丸くする。

そして同時に、その中に捜していた藍珠と神美の姿を認め、優蘭は胸を撫《な》で下《お》ろした。

すると、こちらの存在――主に皓月の存在を認めた虞淵が、とってつけたような笑みを浮かべ近づいてくる。

「これはこれは、珀右丞相殿ではないか。まさかあなた方と落ちあうことになるとは、思いませんでしたな」

「王殿こそ、よくお二人を見つけましたね」

「いやぁ、たまたまですよ。運が良かった」

そんな様子におかしさを覚えつつ、優蘭は藍珠に近づく。

「充媛《じゅうえん》様」

「……珀長官」

「どこか、怪我《けが》をされてはいませんか？」

「あ……足首を、ひねって。ですが、歩けないほどではないので、大丈夫です」

「そうでしたか、それは良かった。……よろしければ、何があったかお聞かせ願えますか？」

そう問い掛ければ、藍珠はこくりと頷く。

「その……お恥ずかしい話、落ちて気を失ってしまい。気づいたらここにいました。わたしが足をひねっていたので、皆さんが来るまでここで待機していたんです」

「……ずっとここにいたのですか？」

「はい」

はっきりとした口調でそう言われ、優蘭の中にもやもやしたものが広がる。だって二人が落下したと思われる地点は、ここより東側、優蘭たちが今通ってきた道だ。

しかし藍珠が嘘《うそ》をついている様子はない。

気になった優蘭は、神美の目を見ながら様子を問いかけてみる。

「胡秘書官はお加減大丈夫でしょうか？」

「はい、大丈夫ですわ。わたしもここで足をひねってしまいましたが、それ以外は特に問題ありません」

神美はそう、澄み切った夏空の瞳を細めて頷いた。

そこには、嘘の色がない。逆に、こちらが恐ろしくなるほどの純真さだけが横たわっている。

「……そう、ですか」

引っかかりは覚えたものの、これ以上有益な情報が出てこないと感じた優蘭は、そこで追及をやめた。

代わりに、神美のそばで草まみれになっている魅音に微笑《ほほえ》みかける。

「ところで、公女様は大丈夫ですか？　髪に草が絡まっていますが……」

「……あ、これ、は、その……わたしがどじでぐずだから、そ、捜索中に転《こ》けて、しまって……そこに、神美様がいらしたんです」

「まあ！　なら、公女様がお二人の命の恩人ですね！」

「そ、そんなたいそうなもの、では……」

萎縮しっぱなしの魅音に、優蘭は笑みを浮かべる。

「たとえ偶然であったとしても、それがお二人を救う手立てになったことは事実ですから。この度は誠にありがとうございます、公女様。陛下の臣下の一人として、厚く御礼申し上げます」

黎暉大国《れいきたいこく》の皇帝、その寵臣《ちょうしん》として、優蘭は魅音にできる限りの礼を尽くした。これで、杏津帝国側が何か言うことはないだろう。

いくら公女様が父親とその愛妾《あいしょう》に虐げられているとはいえ、私たちが彼女を粗雑に扱っていい理由にはならないもの。

そう思い丁寧に礼をしたのだが、一瞬。魅音の唇が歪《ゆが》んだように、見えた。

……ん？

しかしそれも本当に一瞬で、優蘭は目を瞬《まばた》かせる。

……私の、気の、せい？

わずかに感じた違和感。

「さあ、戻りましょう！」

それは、虞淵の声によってかき消された。

「優蘭？　どうかしましたか？」

はっと我に返った優蘭は、皓月に名を呼ばれて笑みで取り繕った。

「いいえ、なんでもないです。……お二人の怪我も気になるし、早く帰りましょうか」

そうして、二人の捜索は無事終わり。

周辺に潜んでいた盗賊も、武官たちの活躍によりその日中にかたがついた。

それから時間はあっという間に過ぎ、外交使節団が緑韻宮《りょくいんきゅう》を去る日になった。

あれからは盗賊なども出ず、問題という問題が起きないまま二日経《た》った。

もちろんと言うべきか、魅音への虞淵と神美の対応はあまり良いものではなかったが、それくらいだ。優蘭にできるのは、二人の気をさりげなく逸《そ》らすこと。

魅音への対応を見て顔をしかめる妃嬪《ひひん》たちは多かったので、どちらかといえば彼女たちが気持ちよく生活できるようにした行動、というのが正しいだろう。

そんな外交使節団一行が護衛の武官たちと共に立ち去るのを見て、優蘭はようやくひと心地つく。

ほんと……変な緊張感があったわ。

相手があの杏津帝国の人間というだけでも神経がすり減るというのに、目の前で繰り広げられる公女いじめ。それによって、妃嬪たちの精神もすり減る始末。

避暑地にやってきたというのにまったく休めないという、本末転倒な事態だ。

夏の間、皇帝を含めて妃嬪たちもこの緑韻宮で過ごすことになっているので、残りの時間で存分に疲れを癒《いや》して欲しいなと思う。

あ、そういえば温泉もあったのよね。すっかり忘れてた。

今日は本当に疲れたし、温泉にでも入って休もう。

……確かに、私は温泉に入りたいと言いましたが。

「こういった形で入ることになるとは、思っていなかったと言いますか……」

そう消え入りそうな声で呟《つぶや》けば、となりにいた麗月も深く頷く。

「わたしたち、場違いですね」

そう言う麗月の視線の先には、大浴場の中でたわむれる四夫人と寵妃《ちょうひ》たちの姿があった。

＊

——ここは緑韻宮の中でも碧仙湯《へきせんゆ》と呼ばれる大浴場だ。この離宮を作らせた当時の皇帝が、温泉好きの寵妃のために用意したものだった。

そのため、ここを使えるのは未だに寵妃たちだけだと定められていたのだが。

優蘭だけでなく麗月まで強制的に連れてこられてしまい、そのまますすべなく放り込まれてしまった。

問答無用で連れてきたのはもちろん、紫薔《ししょう》である。

集めた人たちを見るに、今回の歓迎会で功績を残したということで連れてきたのだろうけれど……ならなおのこと、私の存在が浮くわねこれ。

せっかくの温泉の名所。肩まで浸《つ》かりながらぼんやり考え事でもしようかと思っていたのに、なんだかんだと気が張る面々が一堂に会しているということで、優蘭は気が気でなかった。

その証拠に、一部は大変盛り上がっているが、一部の空気が凍り付いている。特に歓迎会にて役柄を交代した鈴春《りんしゅん》と藍珠、静華《じょうか》と麗月の間には、妙な空気が漂っている気がする。

それさえ除けば、碧仙湯は大変景観もよく、皇帝が寵妃のために作ったというのが分かる素晴らしい浴場だ。

浴槽は全て大理石でできていて、楕円《だえん》形だ。それだけでも高価なのに、それが優蘭を含めた九人の女性たちが入浴してもまだ余裕があるくらい広く作られている。

その周りを囲うようにして吹き抜けの建物があり、これは緑韻宮全体がそうであるように、木目の色味をそのまま生かした作りだ。ただ窓がいくつも大きめに作られており、庭をぐるりと一望できた。

その庭も見渡す限り緑が広がっており、まるで大自然の中で温泉に入っているような錯覚を受ける。

その圧倒的な壮大さと開放感、清涼感は、優蘭が今まで入ったどの温泉の中でも随一だ。

……もちろん、こんな雰囲気じゃなかったらね！

本当にどうして、紫薔はこの場にこの面々を揃《そろ》えたのだろうか。そう思っていたら、優蘭は横からぐいっと引っ張られた。

誰かと思えば、紫薔だった。

「優蘭」

「は、はい⁉」

「あなたはわたくしと一緒に、恋のお話をしましょうね～」

と、唐突⁉

そう思ったが意外と紫薔の力は強く、優蘭はそのまま麗月と引き離されてしまった。

あまりにもいきなりで、しかもかなりの強硬手段だったことに、優蘭は驚く。しかし紫薔は満面の笑みだ。

「どど、どうしたのですか貴妃《きひ》様……」

「しー。あとで、理由を話すわ」

耳元で囁《ささや》かれた言葉に、優蘭は一瞬瞠目《どうもく》する。しかし紫薔がわけあってこんなことをしたのだと瞬時に悟った彼女は、おとなしく浴場の端へ向かった。

二人肩を並べて湯船に浸かった辺りで、紫薔が美しく微笑む。

「さあ優蘭。一緒に恋の話をしましょうね」

これはつまり、周りの目を気にしてってことよね……？

最初から内緒話をするとなると、いかにも何かしているように見えてしまう。それを悟られないための措置だと、優蘭は考えた。

そう、だから決して、紫薔の好奇心からくる質問ではないはず。

……そう信じていいんですよね、貴妃様⁉

「……ええっと、何をお話しすれば……」

「それはもちろん、あなたの夫のことよ。すっかりおしどり夫婦になってるじゃない」

「…………何かご覧になりましたか」

「狩猟の際に、合図を送り合っていたじゃない」

普通に見られてたー！

まあ、ある意味当たり前だ。あんなに人目につくところで視線を送り合えば、察しの良い人にはばれる。

ただでさえ湯の温度が熱めで体温が上がっているのに、そこに輪をかけて赤面する話をされて、優蘭は顔に熱がたまるのを感じた。

それを隠すべく、優蘭は紫薔の耳元に手を当てて声をひそめた。

「……それで。この面々で温泉に入ることになったのは、どういった思惑があってですか？」

そう問えば、紫薔は少しつまらなそうな顔をした。

なんですかそのお顔は。本題はこれですよね？

そう視線を送れば、紫蕾は仕方ないという顔をしてから耳打ちしてくる。

「ここ最近、場の雰囲気が悪いじゃない？」

「はい」

「そう思ってここ数日、様子を窺《うかが》っていたら、郭徳妃《とくひ》と蕭女官、そして綜淑妃《そうしゅくひ》と邱充媛の間に流れる空気が悪いことに気づいたの。この組み合わせは、歓迎会で本来役を担うはずだった妃嬪と、その代理を担った面々じゃない？　そうなると、自《おの》ずとわだかまりの理由も分かるもの。あの演劇は本当に、素晴らしいものだったから」

そう言う紫蕾の顔が少しだけ曇っているのを見て、優蘭はふと紫蕾と出会った頃のことを思い出した。

そうだったわ。貴妃様も昔は、淑妃様との間にわだかまりがあった……。

その実態については優蘭もきちんと聞いたことはなかったが、自分にないものへの羨望と嫉妬からのものではないかと、皓月に教えられた。

そして今の表情を見て、優蘭は紫蕾も鈴春に嫉妬したことがあるのだろうな、と悟る。

経験者の目だったからだ。

「でもこういうものは、長引けば長引くほど溝が深くなるもの。だからなんとかして、お互いに話しやすい場を用意して差し上げたいと考えたのよ。ここには部外者が入ってこないから、話しやすいでしょう？」

「なるほど。その上、私や巫婕妤《ふしょうよ》、長孫修儀《しゅうぎ》も含めてお集めになったのは、その方が自然だとお考えになったからですね」

「その通りよ。それに、もし何か起きても優蘭さえいれば丸く収めてくれるし」

「……仰《おっしゃ》る通り、何か起きれば丸く収められるように最善は尽くしますが……」

「でしょう？　それに……特に郭徳妃は、そういう場を設けられたことにいい顔はしないでしょうから……」

優蘭は、そこまでの配慮をしてくれたことに感服した。

そういった気持ちが表情に出ていたのか、紫薔は少しばつの悪そうな顔をする。

「……わたくしだって、今回の歓迎会の準備に参加できなかったことに、負い目くらい感じているもの」

「貴妃様、それは……」

「もちろん、負い目など感じる必要がないことくらいは分かっているわ。わたくしには紫《し》劉《りゅう》という、この国の世継ぎであり自分の命より大切にしたい存在がいるのだもの。だけれど」

紫薔はいつになく真剣な表情をして言う。

「もしその場にわたくしもいられたら、と思うことは、悪いことではないでしょう？」

「……もちろんです、貴妃様」

「そして、それを解消するために動くことの楽しさを。大切さを。教えてくれたのは、優蘭よ」

だから。

その先の言葉は、続かなかった。

ちょうど、鈴春が藍珠に接触しようとしているのが見えたからだ。

優蘭と紫薔がちらりと様子を窺う中、鈴春は藍珠のとなりに腰を下ろす。それを見た藍珠が横に体をずらして間を空けようとしたとき、鈴春が言った。

「邱充媛」

「な、なんでしょう……」

「……今回の歓迎会、本当にありがとうございました」

視線を合わせて言う鈴春に、藍珠は虚を衝かれたような顔をする。

「えっと……その……」

「本当に踊りも演技もお上手で……思わず見入ってしまいました。だから歓迎会も成功したのだと思います」

「あ……」

「今回は、わたしの無茶なお願いに応えてくださり、本当にありがとうございました」

深々と頭を下げる鈴春に、藍珠はたじろいでいる。まさかこんなふうに、素直に礼を言われるとは思っていなかったようだ。

そんな藍珠に、鈴春はさらに告げる。

「ただ同時に、わたしが同じように踊っても、あそこまでの歓声は得られなかった……とも思いました。……あれは、邱充媛だからこそできたものです。その点は少し……いえ、とても。悔しかった」

優蘭は思わず、目を見開いた。

誇り高い貴族の姫君だった鈴春が、まさか素直に自身の気持ちを本人にぶつけるとは思っていなかったからだ。

しかし口調は八つ当たりと言うには淡々としており、藍珠も鈴春の真意を掴《つか》めない様子だった。そのためか、視線を左右に彷徨《さまよ》わせており、鈴春と視線を合わせないようにしている。

「あ、の……わたしは、綜《そう》淑妃様にああ言っていただけたからやっただけで……それがなければ、参加しようとすらしなかったはずです。だから……それは、褒めすぎかと」

「ですが、それと実力に関しては別ですよね？」

「……それは、確かにそうです、が……」

「ですからわたし、邱充媛にご指導いただきたいのです」

「……え。……えっ？」

なんだか、おも……おかしな展開になってきたわね……！

それはどうやら紫薔も同じだったらしく、どことなくわくわくした顔をして聞き耳を立てている。これでは完全に野次馬だ。

かくいう優蘭も、今後の展開に期待しかしていないが。

肝心の鈴春は、動揺して言葉を紡げなくなっている藍珠にぐいぐい迫っている。

「どうでしょうか、邱充媛。わたしのお師匠様になっていただけませんか？」

「そ、それは……恐れ多いと言いますか、身の丈に合わないと言いますか……」

「どうしてでしょう？　わたしの師になっていただけるのなら、我が綜家が後ろ盾になります。それは、邱充媛にとっても悪い話ではありませんよね？」

「それ、は……」

「わたしも、邱充媛を利用して更なる高みを目指します。ですから、邱充媛もわたしを遠慮なく利用してください。……このまま後宮にいたいのであれば、わたしからの申し出は渡りに船では？」

あけすけなことを言われた藍珠は、目を丸くして鈴春を見た。

それを見た鈴春は「ようやくわたしのこと、見てくださいましたね」と微笑《ほほえ》む。

「ただそうなると、どうしても革新派になることにはなりますが……それでも良ければ、いかがでしょう？」

「……わたしなどで、いいのでしょうか」

「何がでしょう？」

「……得体が知れないでしょう？　そんなわたしが綜淑妃様の師なんて……ふさわしく……」

「あの踊りを見てもそのようなことを吐ける方がいるのであれば、見てみたいものですね」

わたしは、あなたの実力を買っているのです。

そう、鈴春の視線が告げている。

それを見た藍珠は一瞬痛ましそうな顔をした後、しかしわずかに笑みを浮かべて頷《うなず》いた。

「……分かり、ました。どうぞ、よろしくお願いします」

「こちらこそ、ご指導ご鞭撻《べんたつ》のほどよろしくお願いいたします」

そんな感じに、二人の関係が師弟ということで落ち着いた。それを見た優蘭は、鈴春がこのような形で自分の感情を昇華してくるとは……と感心する。

しかも、あれから六日しか経《た》っていない。

その間に自分の気持ちを整理して、その末に藍珠から技術を教わり、更なる高みを目指そうという心意気は、本当にすごい。何より藍珠にも利益がある取引というのがとても鈴春らしくて、優蘭は少し笑ってしまった。

　すると、紫薔が首を傾《かし》げる。

「あら、もしかして……優蘭は綜淑妃と邱充媛の間にあったわだかまりを知っていたの？」

「ええっと……はい。一応」

「そう。なら、安心したでしょうね」

「はい。淑妃様が本当に成長されて……私が想像しているより早く、ご自身の気持ちに整理をつけられたようです」

　そしてこれは恐らく、紫薔がこういった場を提供しなければもっと長引いていただろう。藍珠に嫉妬していた本人である鈴春は、そういった行動を積極的にする性格ではないのだから。

「これも全て、貴妃様のおかげです。私では、この方法は思いつきませんでしたから……なので、どうしようかと考えていたのです」

「あら、そう言っていただけて嬉《うれ》しいわ。……でも優蘭、お礼を言うのはまだ早いのではなくって？　ほら、あちらも何か起こりそうだわ」

　そう言われ、優蘭は紫薔が視線で示す先を見た。

　そこには、優蘭に置いて行かれて一人ぽつねんと湯船に浸《つ》かる麗月、そしてそんな麗月にじり寄る静華の姿があった。

「……ちょっと、となり、いいかしら」

「……は、はい。どうぞ……」

そんな会話をしたきり、二人の間に妙な沈黙が流れる。それに耐えかねたのは静華だった。

「……一つ、最初に言っておくわ」

「はい」

「これは、別に綜淑妃があんなことを邱充媛に言ったから、とかではないから。わたしの意思で伝えるのだから。それだけは忘れないで」

「は、はい……」

前置きで、なんで自分が来たのか全部語っているわ……。

しかしさすが麗月といったところか。わざわざそれを指摘することなく、こくりと頷き静華の言葉を待っている。

その素直な態度にたじろぎ、おさまりが悪そうに口をもごもごさせながらも、静華はなんとか言葉を吐き出した。

「そ、の。今回の代理はあくまで、わたしが怪我《けが》をしたせいだから。……だから！　わたしがあなたよりも劣っているとか、そんなことは絶対にないんだから！」

「……でも、その……怪我をしたのはわたしの不注意でもあるから……代わってくれたことに関しては、礼を言うわ」

「はい」

優蘭はそんな静華の様子に、先ほどとはまた違った意味で感心した。

あの徳妃様が、まさかお礼を言うなんて。

鈴春と違って麗月の実力を認めようとはしていなかったが、代理で出てくれたことに関してはお礼を言っていた。それは、自身の立場や周りの目を気にしがちな静華にとって、かなり珍しいことと言える。

それは、静華がそれだけ、今回の件に責任を感じている、ということだろう。

まあもちろん、素直な謝辞じゃないから、そのことを知らない人からしてみたらまったく伝わらないやつだけれど。

しかし麗月は今回、静華に対して分かりやすく喧嘩《けんか》を売って、彼女を黙らせたくらい、静華について知っているはずだ。なので上手《うま》く切り抜けるはず。

そう思って安心し、肩まで湯船に浸かろうと体勢を動かそうとしていたら。

「ふふふ。そういったお言葉はぜひ、わたしより上手く踊ってからにしてください」

真っ向から喧嘩を売る発言をした。

優蘭はずるりと滑って、危うく頭まで湯船に入りそうになってしまった。

何とか取り繕おうとしたが、水面が波打っておりまったく隠せていない。しかもそばにいた紫薔が肩を震わせ笑っていて、色々な意味で気まずい心地になった。

優蘭が浴槽の中でなんとか体勢を立て直していると、事態がさらに進行している。

具体的に言うならば、静華が絶句した顔をして唇をわななかせていた。

「な、なな、何よその発言は⁉」

「何って、結果をちゃんと残したのはわたしですから。現状を客観視しますと、わたしのほうが踊りにおいて、徳妃様よりも上かと」

「それ、はっ！」

「それに」

麗月は静華の言葉を遮るようにして、そう強く言い切った。その圧に静華がたじろいでいる間に、麗月はさらに言葉を重ねる。

「お礼を言われるようなことでは、まったくありません。『妃嬪方《ひひんがた》の味方でいる』。それが、健美省の信念です。今回の歓迎会が失敗に終われば、それは妃嬪方の汚点になります。それを避けるために、自分にできることをしたまでですから」

そう笑みを浮かべて麗月が言えば、静華はぷるぷると全身を震わせた。

「……本当にいけ好かない女ね⁉　なんでもいいから、素直にわたしの謝辞を受け取りなさいよ！」

そう叫び、静華が湯を麗月にかける。

――そこからは、混沌《こんとん》だった。ゆっくり温泉に浸かる、という感じではなく、湯をかけ合ってある意味の喧嘩をしているというか。

しかし最終的には笑い声が響き、いい発散になったのではないかと思う。

後ほど麗月に話を聞いたところ、何故《なぜ》わざわざ喧嘩を売るようなことを言ったのかというと、静華が必要のない責任を感じていると思ったからだとか。

なので自分が嫌な女を演じることで静華の怒りを敢《あ》えて爆発させ、発散してもらおうと考えたらしい。

確かに有効な手段ではあるけれど……徳妃様、すっかり麗月に対して敵対心を持っちゃったから！

優蘭に続いて二人目の、健美省における敵対者ではないだろうか。

「梅香《ばいこう》がいるのだから大丈夫ですよ」と麗月は笑っていたが、そういうことではないと優蘭は思う。思うが、根本的な問題として珀家と郭家の人間はそりが合わないのかもしれないな……とも思って、何も言えなくなってしまった。

ある意味、徳妃様のことを分かっているということでもあるし……先行きに関しては、未知数すぎるけれど。

しかし、杏津帝国の外交使節団が来たことで純粋な気持ちで避暑地を楽しめなくなっていた妃嬪《ひひん》たちにとってこの一件は、よい息抜きになったようで。今までのどこかピンと張り詰めた空気から一変して、いつも通り騒がしいが穏やかな時間を過ごせるようになっていた。

特に四夫人たちのまとう空気というのは、その下につく妃嬪たちに伝播《でんぱ》しやすい。なので麗月の取った行動が結果として全体の雰囲気を良くした、ということになる。

ものすごい荒療治みたいなものだったけどね……。

杏津帝国の外交使節団において起こった問題。それを、優蘭は色々な意味で考えさせられたのだった。

——そんな珍事件もありつつ、緑韻宮での日々は過ぎ去り。

夏の盛りが終わる頃、優蘭たちは都へと帰還したのだ。

間章二　夫、推し量る

杏津帝国《あんつていこく》の外交使節団が緑韻宮《りょくいんきゅう》を出た三日後。

皓月《こうげつ》は、劉亮《りゅうりょう》が執務室として使っている一室にいた。

そこには劉亮だけでなく陽明《ようめい》もおり、劉亮の背後に控えている。そしてもう一人、慶木《けいぼく》が皓月の横にいた。

「主上。こちらが今回の報告書になります」

「皓月、慶木。ご苦労だったな」

「いえ……」

皓月が手渡したのは、狩猟の際に起きた一件に関しての調査報告書だった。

何故調査したのかというと、盗賊が出たことそのものに疑問があったからだ。

しかし杏津帝国の外交使節団がいる間は体裁もあり表立って調査できず、尚且《なおか》つ緑韻宮の警備を強化することに専念したため、人員を割けなかった。それもあり、狩場は完全封鎖して最低限の人数で確認するだけにとどめ、調査を行なうのに時間がかかってしまったわけだ。

この数日は雨が降らなくてついていましたね、と皓月は思う。雨が降ると痕跡が洗い流されるので、状況確認すらできなくなるからだ。

もちろん時間が経《た》てば経つほど証拠も減っていくので、事が起こってから二日経って本格的な調査に乗り出したのも、あまり良いことではなかった。

ですが、杏津帝国の外交使節団との関係に波風を立たせるわけにはいきませんでしたから……。

皇弟《おうてい》側以外がこちらに友好的な姿勢を示しているのは、今回の交流で痛いほど伝わってきた。そしてそれは黎暉大国《れいきたいこく》としてもありがたい話である。現状、他国との戦争に避ける時間も金銭も人員も、そして士気も。黎暉大国には不足しているのだから。

そう思いながら、劉亮と陽明が報告書を読み終わるのを待っていると、二人が書類に最後まで目を通してから顔を上げた。

「なるほどな。整備してあった区画に細工がしてあったのか」

劉亮がそう呟《つぶや》いた言葉に反応したのは、今回調査を全面的に担当した慶木だった。

「はい、主上。調べたところ、一部ですが我々武官たちが事前につけた目印が外され、警備の穴が意図的に作られていました。邱充媛《きゅうじゅうえん》と胡《こ》秘書官が盗賊に襲われたのは、この意図的に作られていた部分です」

「そうか……」

「また主上が向かわれた区画も、そういった穴があった箇所です。……わたしが先導していたにもかかわらずそれに気づかなかったのは、わたしの不徳の致すところ……。このたびは我々の不注意が原因で主上の御身を危険に晒《さら》してしまい、大変申し訳ございませんでした」

淡々と、しかしその言葉の端々に重みを感じさせる言葉を、慶木は紡ぐ。言い訳を絶対にしないところが慶木らしいと、皓月は思った。どうやら今回の一件で、一番責任を感じているようだった。

しかしそれに対して、劉亮はいつになく苦々しい顔をして言う。

「余よりも、余の茉莉花《まつりか》が危険に晒されたことが気に食わぬ。して、最後に狩場を点検したのはいつだ」

「狩猟前日の午前中です。そのときはなんら異常はありませんでした」

「つまり、それ以降に何者かが細工をした、というわけだな」

「仰《おっしゃ》る通りです、主上」

狩猟が開始されたのは昼前だったので、細工ができたのは前日の午後から当日の早朝にかけて、ということになる。

そして肝心の細工も、そこまで大きな穴ではなく、黎暉大国側の気のせいだと言われたら否定できない程度のものだった。

なのでこの証拠をもとに、杏津帝国の外交使節団を裁くことは難しいだろう。そんなことすら対処しきれない警備担当者しかいないのか、と糾弾される可能性もある。

そう伝えれば、劉亮は溜息《ためいき》をこぼした。

「なら、盗賊のほうはどうだ？　捕らえたのがいただろう」

そう問えば、慶木が口を開く。

「そちらもわたしが直々に尋問しましたが、収穫はございません。ただこの周辺で貴族たちがお忍びで通る予定になっている、という話をもらい、集まったとか。菊理州《きくりしゅう》に盗賊が増えていたのは、どうやらこの噂《うわさ》が原因のようです」

「そうか……噂の出所を探るのは難しいだろうな」

「はい、主上。申し訳ございません」

「いい。慶木、よくやった。皓月も慶木の補佐、ご苦労だったな」

「いえ。大した成果を残せず、申し訳ございません」

「気にするな。どちらにせよ、外交使節団がいる前で騒ぎ立てる問題ではなかった。……大変不本意だがな」

劉亮が気にしているのは藍珠《らんじゅ》のことだろう。盗賊のせいで、彼女が足をひねったからだ。

皓月としても優蘭《ゆうらん》が盗賊のせいで怪我《けが》をして、その原因が杏津帝国の外交使節団にあったのなら、とてもではないが許せそうにない。

ただこちらが感情的になりそれを追及していたら、要らぬ火種になった可能性が高かった。

黒幕も、それを予想して小細工をしたはずなので、向こうの思い通りの結果になったのだろう。

しかし。

そこで、皓月は口を挟んだ。

「今回の件で一番謎なのは、杏津帝国の外交使節団の中に、そのような芸当ができる人間がいたのか、という点です」

なんせ杏津帝国との積極的なやりとりは少ない。そうなると、この広大な狩場の目印をたったの半日程度で動かすのは、至難の業だ。少なくとも、土地勘がないと難しいように思う。

そう伝えれば、陽明も頷《うなず》いた。

「何故そのような問題を起こしたのか、に関しては、わざと協力してこちらの信頼を得るためだろう。要は、自作自演だね」

「はい。わたしもそのように思います」

本来、信頼を得るというのにはそれ相応の時間が必要になる。中でも黎暉大国と杏津帝国の仲はかなり悪く、互いに信頼関係を築くためにはかなりの時間が必要になるはずだった。

　しかし今回、二国の人間が協力して捜索をしたことで、少なからず個人間での結びつきができた。そして杏津帝国側の人間が混合された捜索隊が遭難者たちを見つけたことで、好感度が一気に上がったのだ。

　その証拠に聞き取りの結果、今回捜索に臨んだ武官の大半が、杏津帝国側を見直したといったような発言をしていた。

　ただ、一部……王虞淵《おうぐえん》と王魅音《みおん》の捜索隊に入っていた武官たちは、違和感を覚えているようでしたが。

　というのも、魅音が妙に触れ合ってきたと言っていたのだ。

　初めのうちは父親に怒鳴られることを恐れての行動だと気にしないようにしていたようだが、しかしだんだん摑《つか》んでいた腕に胸を押し付けたりと露骨になり、明らかにこちらを誘惑しようという意図を感じたらしい。

　それにどういう意味があるのかは分からないようだったが、婚約者がいる武官だったためか、ひどく気味悪がっていた。聞き取りをしたのは慶木だったが、傍らに皓月もいたので、彼の表情がこわばっていたことを皓月も確認している。

　しかしあくまで違和感だけだ。これも、証拠といった証拠にはならない。

　また陽明も、自作自演を行なった理由こそ分かるが、実行方法に関しては思いつかないようだった。

「杏津帝国側に、目印をずらす、盗賊を手引きする……といったことを実行できる人間が思いつかない以上、考えられる要因は一つだね。それは何かな、皓月くん？」

「はい、杜左丞相《とさじょうしょう》。なので我々が第一に気にしなくてはならないのは……こちら側に、杏津帝国の内通者がいるかもしれない可能性です」

「……そうだね。正解だ」

そう言えば、その場にいた全員が溜息をこぼした。

それはそうだ。杏津帝国との外交問題を片付けるのだけでも一苦労なのに、内通者の調査までしなければならないのは、負担が大きい。

一番可能性がありそうなのは桜綾《おうりょう》の元侍女頭である玉琳《ぎょくりん》だが、彼女は緑韻宮に同行していない。よって、候補がいなくなってしまうのだ。

それは陽明も把握しているようで、彼は肩をすくめる。

「とりあえず内通者の件は、御史台《ぎょしだい》に回そう。こういったことは彼らの管轄だしね」

「分かった。陽明、そちらに関しては任せたぞ」

「御意」

そんな形で、劉亮への報告は終わる。

慶木はそのまま護衛をするということで部屋に残り、皓月は陽明と共に退室した。

道すがら、二人は話をする。

「あの、実を言いますとわたしは、一人怪しいのではないか、と考えている人物がいるのです」

「……うんうん。僕も、その可能性はあると思ってるよ。気持ちのいい話では、ないけれどね」

「……はい」

二人が想像したのは、邱藍珠だった。

彼女の過去の不透明さ。そして今回盗賊のせいで、神美《じんび》と少しの間二人きりになったこと。それが、藍珠が杏津帝国の過激派と通じているのではないか、と二人が感じた理由だ。

しかし劉亮が藍珠を信じていること。また、まだ憶測だけで確たる証拠が何もないことから、あの場で口にはしなかった。ここで仲違《なかたが》いをしている場合ではないからだ。

「もしそうなったら、僕たちの立場もなかなかつらいものになるねえ……」

「そうですね。ですがわたしは、もしそうなった場合……主上になんと言われようと、やり遂げるつもりです。わたしには、優蘭がいますから」

後宮が関与してくることになれば、優蘭に直接的な危害が及ぶ可能性が出てくる。それは、皓月にとって一番の懸念事項だ。

それに藍珠が裏切り者なのであれば、黎暉大国全体にかかわる問題へと発展する。宰相の一人として、それだけはなんとしても避けなくてはならない。そのためならば、劉亮との衝突も辞さないだろう。

優蘭との、平和な生活のためにも。

そんな気持ちを込めてそう言えば、陽明に苦笑された。

「ほんと、そういうところはお父君によく似てるよね……僕が右丞相《うじょうしょう》、あの方が左丞相として働いていたときを思わず思い出してしまったよ」

「……そうですか。父上がそのようなことを……」

以前、母である璃美《りび》から父の話を聞いたときも思ったが、聞けば聞くほど行動原理が自分と似ていて、面白いなと思う。否、正しくは皓月のほうが似たのか。

皓月の記憶の中にある父は、穏やかな面もあるが厳格で、どことなく近寄りがたい雰囲気があった。だからか、こういう自分と似た部分を他者から聞くと、親近感と共に面映《おもは》ゆい心地がこみ上げてくる。

今、父に会えば、前と違った気持ちで会えるのでしょうか。

故郷と似た気候の場所に居るということもあり、思わずそんなことを考えてしまう。

碧《みどり》の香りを多分に含んだ爽やかな夏の風に身を委ねながら。皓月はこれからの未来を想《おも》ったのだった。

間章三　とある皇弟の企み

皇弟・王虞淵《おうぐえん》――ハルトヴィンが張り付けていた笑みを取り去ったのは、黎暉大国《れいきたいこく》と自国の国境を越えてすぐだった。

胡神美《こじんび》――クリスティーナと共に馬車に乗っていたハルトヴィンは、ふう、と息を吐き出して冷めた目をする。

黎暉大国にいる間、不快で仕方なかった。黎暉大国の領地にいるからと言って向こうの名前で呼ばれなければならないことにも苛立《いらだ》ったし、何より他の外交使節団員に監視されていたことも不快な気持ちになった要因のひとつだ。

今回の外交使節団に参加させられたのは、自身の異母兄である皇帝がハルトヴィンの態度を試すためだと、彼は知っている。

いわゆるところの試金石だ。

この外交時にハルトヴィンが問題を起こせば、それを理由に彼を裁けると思っていたのだろう。

ハルトヴィンがいなければ過激派は持ち上げるべき人間を失い、じきに鎮火する。そういう腹づもりだったに違いない。

もしくは、唯一の家族に対する最後の情けだろうか。

どちらにしても、ハルトヴィンからしてみたらどうでもいい。ハルトヴィンが異母兄と和解することは、絶対にないのだから。

ハルトヴィンにとって、異母兄は目の上のたんこぶだった。

先に生まれたというだけで皇太子になった人。それだけならば、ハルトヴィンももう少し耐えられたかもしれない。

しかし異母兄は、ハルトヴィンの目から見ても完全無欠、非の打ち所がない天才だったのだ。

頭も良く、剣術にも長《た》け、他人を思いやる心を持っている。

見目も麗しく、母親譲りの藍色の瞳はまるで蒼玉《そうぎょく》のようだと誉《ほ》めそやされていた。

もちろん、貴族令嬢たちからの人気もかなりのもので、物心ついた頃には山のような縁談が持ち上がっていた。

約束された、王になるべくして生まれた異母兄。

そんなものと比べられたハルトヴィンの人生は、劣等感にまみれていた。

何をしようとも、異母兄と比べられる。

剣術でも勉学でも、どんなに努力をしたとしても「皇太子殿下と比べると……」と言われ、蔑まれた。

　そんな異母兄に憧れて、彼のようになりたいと足掻《あが》いていた頃もあったが、比較され続けたハルトヴィンはやがて異母兄に強い憎悪の念を抱くようになる。

　その結果、ハルトヴィンは模範的な皇族としての振る舞いをやめ、他人を見下し傲慢に生きるようになったのだ。

　過激派として黎暉大国との戦争継続を望んだのだって、異母兄の方針とは真逆の道を歩みたかったから。

　その末に、あの異母兄を踏みにじって玉座を手に入れたら、それは爽快だろう。

　そして、そんなハルトヴィンの全てを許容し受容してくれるクリスティーナが、そう望んだからだ。

　今回の外交使節団への参加も、半分以上はクリスティーナが望んだものだった。もともと、ハルトヴィンは外交使節団に参加する予定はなかったのだから。

　ハルトヴィンが外交使節団に参加することは、異母兄にとっても喜ばしいことだろう。

　そして何より、黎暉大国側が混乱するのが手に取るように分かる。過激派筆頭の貴族が参加すれば、杏津帝国《あんつていこく》側の真意を量るためにこちらを疑うだろうから。

　本当ならばこの辺りで問題でも起こしてしまいたかったが、クリスティーナがそれを望まない。むしろ今回はおとなしくして、異母兄の油断を誘うほうが良《い》いと助言してくれた。

そして黎暉大国側の油断も誘える。そのために用意したのが、あの盗賊たちだ。

まさか、こちらが盗賊を引き入れたとは思わないだろう。良いカモがこの辺りで狩猟をするという情報をこっそり流せば、彼らのような単細胞な人間は勇んでくるからだ。

その上で杏津帝国の外交使節団員たちが協力的な姿勢を見せれば、今までの交渉での立場が浮き彫りになり、警戒心が薄まるはず。

そしてそんなふうにハルトヴィンが考えられたのは、クリスティーナがさまざまな知識を与えてくれたからだ。

ハルトヴィンは、となりに座るクリスティーナを抱き寄せた。

「クリスティーナ。わたしと君との願いが叶《かな》う日も、そう遠くないな」

するとクリスティーナは、その藍玉のような瞳を細めて微笑《ほほえ》む。

「おっしゃる通りですわ。ハルトヴィン様」

「ああ……いずれ、わたしの手にあの玉座が届く。そのとき隣に座るのは、君だ。クリスティーナ」

「はい。……楽しみですわね、ハルトヴィン様」

可愛《かわい》らしく魅惑的で、それでいてハルトヴィンのことを丸ごと全て愛してくれる、唯一無二の存在。

彼女に口付け、ハルトヴィンは胸を弾ませた。

そしてそのために、黎暉大国を利用する。

遠くない未来で自分の望みが叶うことを確信し、ハルトヴィンはにやりと口角を持ち上げたのだ――

終章　寵臣夫婦、嵐の訪れを予感する

何事もなく無事に都に戻ってきてから、早数日。

優蘭《ゆうらん》はいつになく胸を高鳴らせていた。

その理由は、昨日皓月《こうげつ》経由で入ってきた報《しら》せによるもの。

そして本日、明貴《めいき》からお茶会に誘われたからだった。


「賢妃《けんひ》様！　ご懐妊おめでとうございます！」

烏羽宮《うきゅう》の客間にて。

優蘭はそう、いの一番にお祝いの言葉を述べた。

それを聞いた明貴は、頬を赤らめながらもこくりと頷《うなず》く。

「ありがとうございます、珀《はく》長官……」

「いえ、これは本当に喜ばしいことですよ！」

「……ええ。それは本当にそうです」

そう微笑みながら、明貴は愛おしそうにお腹《なか》をさすった。その姿は子を想う母そのもので、こちらまで笑顔になってしまう。

昨日入った報せというのは、これのことだった。

皓月経由で入ってきたということはまだ極秘事項なのだが、皇帝が優蘭にそれを共有してくれるようになったというだけで、かなりの進歩だと勝手に思っている。

しかも、賢妃様の懐妊だもの。嬉《うれ》しくないはずないわ。

明貴の離縁騒動でわずかにその過去を垣間見《かいまみ》ただけの優蘭でさえ、彼女の心の痛みがどれほどのものか知れた。そんな中の懐妊とくれば、当人たちにとっては一大行事と同じだろう。

そのことを噛《か》み締《し》めつつ、優蘭は口を開く。

「なら、避暑地へ行く前辺りから体調が悪かったのは、そのためだったのですね」

「はい、そうです。その頃から懐妊の疑いはあったのですが、陛下が考慮されまして……演劇の際は、皆様のお力になれず申し訳なかったです」

「いえ、そんな。どうか、今はご自身の幸せを噛み締めてください。私もちゃんと力になれるよう、努力させていただきますから」

「……はい、珀長官。その点に関しては、信頼しております」

そう言ってもらえると、こそばゆいと同時にもっと頑張らなければならない、というやる気が湧いてくる。

またやりがいがありそうな案件がきたわね……！

というより、そろそろ他の妃嬪《ひひん》たちの懐妊話も浮上しそうな気がしているので、優蘭は一度実家に帰って、妊婦にも使える商品を精査してきた方がいいかもしれない。

いっそのこと、商品開発に関して口出ししてもいいかも。

皇帝の子が増えるとなると、その皇子の婚約者に自身の娘をあてがいたい、また公主を息子の妻として降嫁させたいと思う貴族も増える。なので出生率がぐんっと上がるわけで。

そうなると、妊娠中、また子を産んだ後に使える商品などがどんどん売れる。それは回り回って宮廷、ひいては後宮に還元されていくのだ。

同時に、優蘭の懐が温かくなる。正直個人資産はもう十分あるし、皓月は優蘭の買い物に関しては財布の紐《ひも》が緩すぎるので特に困っていないが、それによって儲《もう》けたという事実そのものが優蘭にとっては至福なのだ。

と、内心勝手に盛り上がっていると、明貴が少しだけ不安そうな顔をする。

「ですが……この時期に、と思う心もあります」

「……どうしてですか？」

「……黎暉大国《れいきたいこく》と杏津帝国《あんっていこく》との関係が、現在危ういでしょう？　もしかしたら、この子がそれに巻き込まれてしまうかもしれません。そしてまた同じことが起きたら、と思うと……」

そこから先を、明貴は明言しなかった。しかし言いたいことは分かる。

もし戦争にでもなって、再度腹の中の子が流れるような事態になってしまったら。

きっとそう考えたのだろう。優蘭もそうだったが、人というのは一度悪いほうに考え出すと止まらなくなる生き物だ。

しかも、賢妃様は今、体調が万全じゃないわ。

緑韻宮《りょくいんきゅう》にいる際も茶会を休んでいたり、杏津帝国の外交使節団が帰った後もあまり表には出てこなかったりした。どの程度かは分からないが、つわりがあるはず。

体調と精神というのは、密接に繋《つな》がりあっている。どちらかが悪くなれば、もう片方も悪くなるようにできているのだ。

その上で杏津帝国という関係があまり良くない国が絡んできたとなれば、珠麻王国《じゅまおうこく》にまで出向いて勉学に励んだ明貴としては、気が気ではないはず。

そう思った優蘭は、少し考え口を開く。

「賢妃様。そのために私がいるのです。ご不安があるようでしたらもっと口にしてください。解決には殿方たちの力が必要になりますが……賢妃様ご自身の憂いを取り去るには、ご不安な気持ちを体から吐き出すのが一番かと」

「……そう、かしら」

「はい、そうです。不安というのは毒のようなものですから。それに、もし本当にどうしようもないようでしたら、陛下にご相談するのが良いと思います。……もう、私の手がなくとも、お二人は互いの気持ちを話し合える関係にありますよね？」

「……それ、は……」

「是非是非、頼って差し上げてください。きっと陛下は今、賢妃様のお力になりたくてうずうずしていらっしゃるでしょうから」

ちなみにこれに関しては、きっとではなく絶対という確信を持って言える。何故《なぜ》かというと、皓月が「陛下が、賢妃様の懐妊が分かってから鬱陶しいです」と毒を吐いていたからだ。

力になりたいのに仕事が立て込んでいて、明貴を含めた妃嬪たちのところにいけないのが最近の悩みらしい。平和な悩みだ。

ついでに言うなら、杏津帝国に対して呪いの言葉を吐いて「本当にそろそろ呪いたい」などと言っているらしい。とやかく言わず、仕事をして欲しい。

そう思っていると、明貴がキュッと眉を寄せた。

「ですが、その……陛下と顔を合わせると、つい説教をしたくなってしまうのです。せっかくきていただいたのにいつもそんな感じになってしまって、申し訳ないと反省するのですが、どうしても叱りたくなってしまい……」

……ほんと、ろくなことしないなあの皇帝。

きっと明貴からしてみたら照れ隠しの面はあるのだろうが、皇帝がそれだけちゃらんぽらんなのも否定できない。というより、優蘭としてはそちらの可能性ばかりが頭に浮かぶ。

しかしそれは同時に、明貴が口下手だからというのもあるだろう。

なので優蘭は、一つ提案をする。

「賢妃様さえよろしければ、陛下への文でもしたためてみませんか？　もしくは……そうですね、日記とか？」

「！　は、珀長官、それはまさか……っ」

ははは。もちろん、あの情熱的な日記のことを思い出して言っていますよ私は。

思うに、明貴は口で言うより文にしてしまったほうが、自分の気持ちを伝えられるのではないだろうか。

口でいうより筆に想《おも》いを乗せたほうが素直な人は、意外と多い。

それに。

「口にする想いと紙に綴《つづ》る想い。これだけで、相手の感じ方は違うそうですよ。日記とは言いませんが、文でのやり取りはしてみませんか？　私は宮廷を行き来できますので、やり取りは大変しやすいかと思います」

「……確かに……陛下とはあまり、文でのやりとりはしたことがありません……」

「それなら、陛下のほうも普段口にしませんが、文でなら伝えられる想いもあるかもしれませんね。……少し、気になりませんか？」

明貴の好奇心を刺激してやるためにそうついてみれば、明貴がごくりと唾を飲み込んだ。どうやら気になるらしい。

ちなみに私も気になるわ。

普段、皓月に代筆をさせることも多い皇帝が、明貴とのやりとりだけは絶対に自分で書くのだろうな、ということを考えるだけで、皇帝への苛立《いらだ》ちが少しおさまるような気がする。

あくまでおさまるような気がするだけだが。

すると、優蘭のその一言が決め手になったのか、明貴がぎゅっと拳を握り締めた。

「……分かり、ました。やります……！」

「良かったです！」

「ただ、その……」

「はい？」

「……やりとりするのは、一週間後でもよいでしょうか……きちんと言いたいことを精査して……精査して！　文をしたためますので！」

……一筆書きからのやりとりを勧めるしかないかしら、これ。

念願の懐妊も、二人の関係が好転しそうなこと自体もめでたいが、前途はそこそこ多難そうだった。

＊

それはそうと、杏津帝国の件は、優蘭も気にしている。

というのも、狩猟時に現れた盗賊は、誰かが意図的に噂《うわさ》を流して呼び込んだ可能性が高い、というのが分かったからだ。

しかも盗賊の存在をこちら側に悟られぬよう、あらかじめ決められていた範囲の印をわざと動かし、警備の目が行き届かない隙間を作り出していたという。

何が気持ち悪いかというと、その結果得たのが杏津帝国との友好関係、という点だった。

王虞淵《おうぐえん》が指揮していた外交使節団は今は魅音《みおん》を上位に据えつつ、周りの皇帝派勢力がやりとりを進めているらしい。

魅音に指揮権を渡したのは、彼女の輿入《こしい》れを狙っていること。また同時に、彼女に主導権を握らせることで「過激派貴族たちの首根っこを摑《つか》んでいる」とこちら側に示す意図があると、陽明《ようめい》を含めた文官たちが言っていた。

魅音の立場を考えると思うところがないわけではないが、ひとまずおさまるところにおさまったのはよかったのではないだろうか。

まあ、未《いま》だにもやもやした気持ちは拭えないけれど……。
そんな気持ちを抱えたまま、黎暉大国は秋を迎えた。
――それから時が経《た》ち、初冬。黎暉大国に、こんな文が届く。
『どうか、お願いします。わたしを、亡命させてください』
それは、皇弟《おうてい》の娘・王魅音からの、極秘の文だった。
その日、黎暉大国に、木枯らしが吹き荒れた――

あとがき

お久しぶりです、しきみ彰《あき》です。皆様、お元気でしたでしょうか？

七巻も無事にお届けできたこと、大変嬉《うれ》しく思います。これも、継続してお買い上げくださる読者の皆様のおかげです。ありがとうございます。


さて、それでは本題に。

まず、七巻のお話をします。ネタバレがありますので、苦手な人はお気をつけください。

七巻はサブタイトルからもわかるように、外交がメインのお話となっています。

しかも外交相手が、あの杏津帝国《あんつていこく》。怪しさマシマシですね。

同時に、最後の寵妃《ちょうひ》である充媛《じゅうえん》・邱藍珠《きゅうらんじゅ》が登場します。

これで一巻から張っていた寵妃の伏線を、すっきり全部回収することになりました！

めでたいです！

外交と最後の寵妃の登場もあり、今回は全体的に謎と成長のお話になっています。

優蘭《ゆうらん》にとっても、すっきり全部上手《うま》くいった、というより反省と課題が多い感じにしました。同時にそれは、健美省《けんびしょう》がこれから先、ずっと悩んでいく課題だと思っています。

健美省のお仕事は絶対的な正解がなく、尚且《なおか》つ全員が絶対に幸せになることがないもの。けれど、それをできる限りなくすための努力を続ける……それが健美省の在り方であり、長官である優蘭の在り方でもあるな、と考えました。

ストーリーに関してはいつも悩みますが、今回は特に悩みました。ただ、優蘭なら。この登場人物たちならこういう選択をするのではないか、と考え、このストーリーにしています。

これからも、登場人物たちの心に寄り添うような選択を、私もしていきたいなと改めて思った巻でした。


また、『後宮妃の管理人』全体の話を。

五巻までの第一部は、国内に焦点を当てて書きました。

それに続く第二部は全体的に、国外。後宮を交えてはいますが、外交や国際問題が浮上し、お話自体が広がりを見せるよう考えました。

第二部は六巻から。六巻は起承転結でいうところの起でした。

そして七巻は、起承転結における承部分になります。これから何か起きるぞ、という前兆みたいなものですね。

かといって話が中途半端というわけではなく、しっかり山もあり谷もあり、問題もあり、を意識しました。

謎の多い最後の寵妃・邱藍珠も出てきて、より『後宮妃の管理人』という物語を深掘りするつもりで書き上げています。

どんどんと広がっていく後宮妃シリーズの世界に、最後までお付き合いいただけたら幸いです。

コミカライズ版のほうも、絶賛連載中です！

廣本《ひろもと》先生による、美しくてコミカルで、時折ちょっとゾッとする描写が大変魅力的なコミカライズとなっています。大変面白いので、まだ読んだことがない方は是非こちらも読んでみてくださいね。

原作七巻発売と近いタイミングで、コミックス五巻も出る予定です。お楽しみに！

表紙絵を担当してくださるIzumi先生のイラストも、今作の見どころの一つです。

七巻のバックにいるのは、紅儷《こうれい》と藍珠です。紅儷は男装の麗人といった感じできりっと、藍珠はどことなくミステリアスで踊りの得意な美女、という感じに仕上げていただきました。

今回は優蘭の衣装もいつもと違い避暑使用で、とてもかわいくデザインしていただけたな、と思っています。

いつも素敵なイラストにしてくださり、ありがとうございます。この場を借りてお礼を申し上げます。

そして、いつも私の迷走っぷりにお付き合いくださる編集様。本当に本当にありがとうございます。

七巻でもだいぶ好き勝手したり、気になる点を相談したりしましたが、いつも温かく相談に乗っていただけたおかげでこうして作品が完成しました。

最後に、今作を読んでくださっている読者の皆様。いつもありがとうございます。

ファンレターやTwitterでの感想、マシュマロでの読了など、本当に励みになっています。いつも書籍が発売するタイミングはドキドキしているのですが、これらのおかげで救われています。

七巻も楽しめるように頑張りましたので、お楽しみいただけたら幸いです。

それでは、また近いうちにお会いできることを願って。

しきみ彰

富士見L文庫

後宮妃《こうきゅうきさき》の管理人《かんりにん》 七
～寵臣夫婦《ちょうしんふうふ》は出迎《でむか》える～

しきみ彰《あき》

2022年11月15日　初版発行

発行者　山下直久
発　行　株式会社 KADOKAWA
〒102-8177　東京都千代田区富士見2-13-3
電話　0570-002-301（ナビダイヤル）

印刷所　株式会社暁印刷
製本所　本間製本株式会社
装丁者　西村弘美

定価はカバーに表示してあります。　◇◇◇

●お問い合わせ
https://www.kadokawa.co.jp/（「お問い合わせ」へお進みください）
※内容によっては、お答えできない場合があります。
※サポートは日本国内のみとさせていただきます。
※Japanese text only

ISBN 978-4-04-074338-7 C0193

青薔薇アンティークの小公女

著／道草家守　イラスト／沙月

少女は絶望のふちで銀の貴公子に救われ、聡明さと美しさを取り戻す。

身寄りを亡くし全てを奪われた少女ローザ。手を差し伸べてくれたのが銀の貴公子アルヴィンだった。彼らは妖精とアンティークにまつわる謎から真実を見出して……。この出会いが孤独を抱えた二人の魂を救う福音だった。

富士見L文庫